U0696078

作家文摘

名家忆文系列

故人情深

《作家文摘》/ 编

中国出版集团　现代出版社

目录

第一章　相看是故人

"大酱园"的故事·陈虹· 003

老舍和上海的朋友们·舒乙口述，石剑峰整理· 007

外公欧阳予倩和爷爷田汉·欧阳维口述，石岩整理· 011

与朱自清同寓伦敦·柳无忌· 017

沈钧儒和我们一家三代情·张国男· 022

巴金和他的朋友们·周立民· 029

像硬米粒儿一样的傅雷·杨绛· 036

忆大千、心畬·台静农· 041

我家的"先生的餐桌"·施亮· 045

沈醉与杜聿明的"手足"情·沈美娟· 050

赵朴初与傅家两代的交往

·傅益瑶口述，沈飞德采访，杨之立整理· 057

沈寂与张爱玲的交往·韦泱· 062

逝去的帮主 · 倪匡 · 069

父亲顾也鲁与王丹凤 · 顾虹 · 074

吕恩和她的朋友们 · 王道 · 079

往事从来遗憾中 · 李辉 · 085

大妹资华筠 · 资中筠 · 091

朱旭与英若诚 · 宋凤仪 · 095

听倪匡蔡澜聊天 · 张嘉 · 100

天上的星星一点是黄霑 · 何冀平 · 105

忆高仓健：士之德操 · 张艺谋口述，魏子君文 · 108

王小波，晚上能来喝酒吗 · 刘心武 · 112

第二章　相思千万绪

在于凤至身边的日子 · 孟芳琳 · 119

爱情的镜子：陈歌辛与李香兰 · 陈钢 · 126

老舍先生为我和祖光做媒 · 新凤霞 · 129

旋涡中的一柱阳光：忆丁聪夫妇 · 赵蘅 · 133

聂绀弩与周颖 · 方竹 · 137

吴翔说她与公木的爱情 · 樊希安，石丽侠 · 143

宗江伯伯 · 傅红星 · 150

叶君健与苑茵 · 叶念伦口述，吴睿娜采访整理 · 154

黄宗英：我与赵丹·黄宗英·   160

九月十九，马悦然的中国缘·曹乃谦·   164

画家幼春和她的闺密三毛·刘沙·   168

第三章　愿君知我心

我和张伯驹家人的交往·东东·   173

吾师苏雪林·汪珏·   178

父亲侯仁之与梁思成·侯馥兴   184

凌叔华的两碗打卤面·罗青·   188

启功和父亲俞敏的哑谜·俞宁·   193

我与钱锺书通信往事·许渊冲·   198

张乐平伯伯·王龙基·   204

陪干爸周有光聊天·金玉良·   210

杜宣欠我一杯咖啡·刘心武·   214

张君秋：从老师到岳父·卢山·   220

青山照眼看道临·曹可凡·   225

感恩韦君宜·冯骥才·   230

道不尽的林斤澜·章德宁·   236

吾师从周·刘天华·   240

谢谢陆先生·卢丽安·   244

第一章　相看是故人

"大酱园"的故事

·陈虹·

大酱园者，中国作家协会宿舍也。它的详细地址是北京市东城区东总布胡同 46 号。

根据我的发小欣久考证，这条名为"东总布"的胡同形成于元代，距今已有六百多年的历史了。

1913 年，家住此地的北洋政府财政总长周自齐为了出入方便，于自家门前的黄土路上捐资铺就了柏油路面，于是这条胡同便成为京城中有史可查的第一条柏油马路。其实，它的有名还不止于此，就在这条全长不到一公里的胡同里，竟然先后居住过无数的名人——当年瞿秋白的俄文专修所即设在这里，而张学良、沈钧儒、史良、李宗仁、班禅、李济深、陈香梅、马寅初、陈岱孙等一大批名流名家也都曾是这条胡同的居民。

1952 年中国作家协会成立，为了让驻京的作家们有个安居之所，次年便花钱买下了胡同西口的这个"大酱园"。当初的它，是一个拥有三进大院并连带一个临街铺面的深宅；据说老板是个山西人，卖房时附带了一个非常古怪的条件：必须连同院内的三百多口酱缸一道买下来。

就这样，罗烽、白朗、金近、严文井、秦兆阳、萧乾、康濯、艾芜、刘白羽、张光年、赵树理、陈白尘、舒群、菡子、草明等一大批作家前前后后搬了进来，从此"大酱园"便进入了风风雨雨的中国现代文学史。

然而，童年的我们根本就不知道"大酱园"中的这些新主人是什么人物，在我们眼里，他们只是一群和蔼可亲的叔叔和阿姨们。

萧乾叔叔的家是我们最爱去的地方，不为别的，就为它的凌乱而又杂沓——床上的被子似乎从来不叠，桌上的杂物也似乎从来不收拾，但这一切正好可以让我们毫无顾忌地闯进去，再无法无天地玩耍一番，而那位坐在躺椅上的酷似弥勒佛样的主人，则永远对我们展露着和蔼的微笑。

赵树理伯伯变的"戏法"实在令人叫绝，一会儿是一个纸团，一会儿是一颗球，随着他口中的喃喃细语"没了，没了"，居然真的不知了去向。后来只要哪家有小孩一哭闹，他的"表演"就会自动送上门去，于是后院中的几个"皮猴子"全都成了他最忠实的观众。

严文井叔叔年纪不大却早早谢了顶，我的那个刚刚会说话的弟弟，一见他就拍起小手："咪咪毛罔。"——"咪咪毛"者，头发也；"罔"者，无也，它来自老保姆的乡音，且要读成"màng"矣。文井叔叔却从来不生气。

秦兆阳叔叔写过一篇童话《小燕子万里飞行记》。一位聪明的小伙伴悄悄告诉大家："你们看，他家里已经有了一个'燕子'和一个'万里'了，'燕子'和'万里'的妈妈如果再生小娃娃的话，一定叫'飞行记'！"这一笑话据说后来被兆阳叔叔知道了，笑得他差点儿没背过气去。

童年的"大酱园"内，到处充满着欢笑，充满着温馨。

欣久曾经在她的一篇文章中这样写道："上小学一年级时，学校的老师想通过我去邀请金近、张天翼两位著名的儿童文学作家跟小朋友们见见面，但我这个只识面孔、不知名字的傻丫头竟然不知道他们是谁。"

的确，那时的我们又有什么必要去知道他们是谁呢？但这样的"懵懂"与"不识泰山"，今天想来，除了自己的年幼无知外，这些大作家也要负一定的责任——

其一，他们为什么要有两个名字？这可让我们这些连字都不会写的娃娃怎能搞得明白。比如：艾芜伯伯好像并不姓艾，因为他家的孩子全都姓汤；草明阿姨也不姓草，她的女儿明明叫"吴纳佳"……这样的"混乱"，困扰的又岂止是我们这群孩子，就连作协医务室的姜大夫也是一头雾水。那天毛地去看病，他想了想便在他的病历卡上写了"康毛地"三个字，康濯的儿子能不姓康吗？殊不知，康濯叔叔偏偏就不姓康。后来在一篇文章中才知道，当年康濯叔叔在延安时曾经担任过一个什么团体的主席，于是人们都称呼他为"毛主席"。这还得了？他立马为自己重新起了一个笔名，从此便很少有人知道他姓毛了。

其二，按照今天人们的推理，这些大作家应该是才高八斗、学富五车，因此在为自己后代起名时，也一定是深奥而高雅。殊不知，阮章竞的闺女叫"援朝"，舒群的儿子叫"和平"，一听就跟老百姓家的一模一样，完全是"时代的产物"；而萧乾家的老大叫"铁柱"，赵树理的三个小子，依次排名为"大虎""二虎""三虎"，这就更让人大跌眼镜了。

不过有一点，确实能够体现出这个"大酱园"的与众不同——各家的大人们晚上都不睡觉，早上都不起床，而且大多数也不按时去机关上班，整天都是趴在自家的写字台上写个没完。前院的小妹上学后写的第一篇作文便是《我的爸爸》："我的爸爸是个作家，整天坐在家里。"——她说得没错，作家者，"坐家"也。她的爸爸读完后大笑不已，我的爸爸（陈白尘，著名剧作家）知道后连连喷饭。

少不更事的我们自然没有任何优越感，直到进入中文系读书时，才被人们不止一次地问道："你们这些作家的后代，绝大多数都是从事文字工作的，这跟遗传有关系吗？"说实话，写文章者其实是难以传代。但是仔细想一想，有一点不能不承认，这就是耳濡目染、日久熏陶——那一扇扇彻夜不眠的窗口，那一个个石雕一般的身影，让我们懂得了痴迷，懂得了忘我……可不是嘛，那天三岁的弟弟不小心从椅子上跌了下来，脑袋着地，哭得几乎背过气去。坐在写字台前的爸爸，竟然连头都不抬，只应了一句："等我把这句台词写完。"

（《作家文摘》2014年总第1766期，摘自2014年8月15日《光明日报》）

老舍和上海的朋友们

·舒乙口述，石剑峰整理·

老舍先生没在上海住过，但是他在上海有几次比较重要的经历。

一次是1929年，他从英国回来，当时坐船，走到新加坡没钱回不来了，只好待在新加坡。那儿有一个非常有名的华侨中学，他在那教了一学期的书，把钱凑够了才回中国。在这一学期里，他开始写他的第四部长篇小说《小坡的生日》，但没写完就回来了。回到上海，他住在郑振铎先生的家里，住了个把月，在那儿把《小坡的生日》写完，然后再回到当时的北平。

第二次是1934年，老舍当时在山东齐鲁大学教书，突然想到上海当职业作家，不教书专门写作。他到上海住了十多天，一调查发现不行。那个时候上海已经是白色恐怖时期了，大量文学期刊已经被关掉了。作家朋友们劝他别来，他就离开上海去了青岛，在山东大学教书。

　　1934 年的暑假，他到了上海，认识了很多上海作家，但是错过了和鲁迅先生见面的机会。他当时在内山书店留了一个字条，想和鲁迅先生见面。鲁迅先生第二天才到内山书店，那个时候老舍已经离开了。

　　第三次是抗日战争胜利以后，1946 年的春天，美国国务院邀请两个中国作家去访问美国讲学一年，一个是老舍，另一个是曹禺。他们由重庆来到上海，准备从上海坐船到美国。上海文艺界举办了隆重的欢送会。

　　在此期间，老舍跟赵家璧先生有一次非常重要的谈话。赵家璧先生是良友出版公司的文学编辑，主编了《中国新文学大系》。后来他离开了《良友》，在上海赋闲。老舍先生到上海以后，把他找来说："我跟你商量一件事，我到美国去，美国人翻译了《骆驼祥子》，可能给我一笔版税，这笔钱可能还不少。如果这笔钱拿到的话，我汇回来给你，你替我办一个出版社，出版'老舍全集'。"赵家璧想都没想就说："愿意愿意，我非常同意！"

　　老舍先生到美国以后真的得了一笔《骆驼祥子》的版税。据我所知，他把这笔钱分成三部分：一部分给赵家璧；一部分给他的一个做买卖的朋友，让他朋友去投资一个企业；一部分给了香港人，在那儿办一份中共地下报纸，后来这份报纸变成"地上"的了，很有名。

　　赵家璧先生得了这笔版税之后，申请成立了后来非常有名的晨光出版公司。老舍对赵家璧说："赚了钱，咱们平分，赔了钱我不管，是你的事。"赵家璧就把老舍在不同出版社的版权收回来，一本一本出，等于再重新出一遍。当时没有叫"老舍全集"，出全以后就是"老舍全集"了。同时，他还出版了大量国内有影响力的作家著作，有巴金的《第四病室》《寒夜》，钱锺书的《围城》。

但是，新中国成立后，赵家璧被打成了资本家，不准加入工会。好不容易熬到公私合营，赵家璧先生跑到北京问老舍先生："要公私合营，咱们怎么办？"老舍先生说："赶快交出去。"后来晨光出版公司没有了，赵家璧就到上海美术出版社去当了一个副总编辑。

改革开放以后，赵家璧先生曾跑到北京问我："晨光这一段能不能写？"我说："你绝对得写。"为什么？老舍之死很大一笔账是在这个问题上。当时小红卫兵不知道事情的真相，问了老舍一个非常愚蠢的问题："你干吗要拿美元？"在红卫兵的脑子里，拿美元就和帝国主义挂钩了。老舍说这很正常，生活得靠这个。结果那些人打老舍，打得非常厉害。当然老舍之死的原因很多，这是莫名其妙的原因之一。

还有一个人，郑振铎。郑振铎当时是国家文物局局长，中国文学研究所所长。他认识老舍先生的时候，在编《小说月报》。老舍的引路人是许地山，伯乐是郑振铎。当时老舍先生在英国教汉语，闲着没事，看许地山写小说，老舍馋，也写。有一年，许地山回伦敦，老舍把自己的手稿拿出来说："我给你念两段听听。"这就是《老张的哲学》。许地山没有提出什么批评意见，光顾着笑了，因为写得很幽默。最后许地山说了一句话："你寄回国内去吧。寄给郑振铎的《小说月报》。"三个月后，《小说月报》开始连载了。

　　真正开始认识老舍的小说，向公众介绍的人是郑振铎。1931年，郑振铎到北平的燕京大学教书，他经常去找冰心，他们是福建老乡，老早就是好朋友。

　　一次，郑振铎把老舍先生带到冰心家，老舍这才认识冰心。这时是1934年。冰心晚年回忆："有一回郑振铎把老舍引到我们家，我给他沏茶。一转身一看老舍不见了，再一看在桌子底下呢。他帮我三岁的儿子找小狗熊，好不容易找到了，儿子一高兴，抱着陌生的客人亲了一口，把大家全招笑了。"冰心说，可见老舍是一个喜爱儿童，热爱生活的人。以后他们关系一直非常好。

　　新中国成立后，郑振铎当了文物局局长，和老舍经常见面，郑先生永远兴高采烈，说哪儿发现了什么文物，哪儿又挖了什么大墓，哪儿又找了什么古籍，说着说着就开始骂街，哪儿在破坏文物。他是一个性情中人。那时候，老舍先生爱搜集小古玩，他专门把郑先生请来看，郑先生看了几眼以后，说了三个字——"全给扔"。老舍先生没生气，也回答了三个字——"我喜欢"。这是两种不同的思路，郑振铎是文物专家，不允许有任何的瑕疵。老舍先生不管这套，这个有艺术价值，这个有历史价值，这个好玩儿，这个虽然有小的瑕疵，没关系，为什么？十全九美也是美。

　　郑先生死了，老舍先生非常悲哀，后来他常常提到："郑振铎这个人太杂。如果他写小说就会是大作家。"当然他现在也是大作家，老舍的意思是他的才能用得太广。

　　（《作家文摘》2014年总第1776期，摘自2014年9月23日《东方早报》）

外公欧阳予倩和爷爷田汉

·欧阳维口述，石岩整理·

欧阳家跟田家有一个约定：如果我父母有两个儿子，其中一个要姓欧阳，这样我就随了妈妈的姓。我和哥哥姐姐从小在外公家长大。我的父亲田海男是田汉的长子，我的母亲欧阳敬如是欧阳予倩的独女。从我父母的婚姻可见欧阳予倩和田汉的关系。

表面上看，外公和爷爷的人生很不相同：外公出身于浏阳望族，爷爷是长沙县的农家子弟；外公温和，爷爷热烈；外公写正剧，也写喜剧，一生按他的想法走下来了，幸好没有受到大的折磨；爷爷爱写悲剧和爱情冲突，一腔赤诚，但他的人生起伏跌宕，晚年受到残酷迫害，最后以悲剧告终。

夏衍说过，对于寿昌和予倩，"爱祖国、争民主这条红线使他们走上了同一条大路"。在艺术风格和处理艺术与政治的关系上，外公和爷爷似乎有所不同，但总的方向是一致的。他们在精神上契合，在艺术道路上合作，友谊纵贯了一辈子。他们之间也经常争论，曾经争得脸红脖子粗。外公被认为是"磨光派"，爷爷被认为是"突击派"；"磨光派"批评"突击派"的作品过于粗糙，艺术性和功底不够；"突击派"认为在抗战的大背景下，不能苛求艺术水平。但事实上，争论也是他俩友谊的一部分。他们有同样的良知，他们都是头脑中有一束光的人。

他们在 20 世纪 20 年代相逢

他俩正式认识是在 1921 年底。那时候，欧阳予倩在上海唱红楼戏，挂头牌，同时也演新剧；田汉刚从日本回国，在艺术上还处于唯美主义阶段，他们在艺术实践中偶有交集。到南国艺术运动时期，两人已经是合作伙伴。

1924 年，爷爷田汉和奶奶易漱瑜一起创办了《南国半月刊》。爷爷奶奶青梅竹马，感情笃深，可惜 1925 年奶奶就去世了，那时我父亲才一岁多。爷爷因失去奶奶非常悲痛，写了许多悼亡诗。他把"南国"当作情感和事业的寄托，继刊物后，又办起了南国电影剧社和南国艺术学院。

田汉、欧阳予倩、徐悲鸿分别担任南国艺术学院的文学、戏剧和美术系主任。洪深、徐志摩、郁达夫、周信芳等艺术家常来上课。1927 年举办"鱼龙会"，颇具南国特色。所谓"鱼"就是学生，"龙"就是著名演员和学者。鱼和龙通过沙龙和公演一起切磋。当时他们演的很有意思的一个戏是《潘金莲》：京剧和话剧艺术家同台联袂，剧本是欧阳予倩写的，女主角也是由他演的，周信芳演武松。

外婆刘韵秋是外公欧阳予倩背后的那个非常有智慧的女人。她出生在浏阳杨花村，比外公大一岁，是乡绅的女儿，裹小脚，没有上过新式学校，但她琴棋书画的修养都很高，又通情达理，曾与梅兰芳先生同画《梅鹊图》。画中梅先生题"欧阳嫂夫人韵秋方家命余写梅以求教正，兰芳"。外婆题"韵秋补竹鹊"。外公有一句话：他们虽是旧式婚姻，但爱情比偷情密约还要浓厚。

各有千秋的同道人

1929 年，田汉走向左翼。陈白尘、左明等南国社进步青年建议田汉不再只演唯美的戏，应该反映大众的呼声。与此同时，安娥奶奶也开始与爷爷交往。安娥出身于石家庄的大户人家，从小叛逆，1925 年加入中国共产党，后到莫斯科学习，接受过契卡的训练。她回国后在中共特科工作，掩护身份是中统上海特派员杨登瀛的秘书，上级是陈赓将军。她本人也是作词家、诗人、记者和翻译家，耳熟能详的作品有《渔光曲》《卖报歌》《高粱红了》等。她与爷爷合得来，才华和个性相互吸引。

同时期，外公加入了中国左翼戏剧家联盟广州分盟，他的理想是改变中国戏剧的状态，跟上世界戏剧艺术的潮流。这是他的救国模式。他接受祖父欧阳中鹄和谭嗣同的思想，通过"变法"改变中国的想法根深蒂固。他主张到民间去，为百姓服务，痛恨贪官污吏，但又不想像有些人那样只空喊口号，而是扎扎实实地用艺术语言讲出他想说的话。

抗战初期，欧阳予倩和田汉、夏衍等人组成的上海戏剧界救亡协会，组织了十几个上海戏剧界救亡宣传队，到内地进行抗战宣传。这些演出队日后成为国民政府军事委员会政治部第三厅剧宣活动的基础。

1938年夏和1939年秋，外公两次到桂林主持推进广西戏剧改革工作，把《梁红玉》《木兰从军》和《桃花扇》等都改成了桂剧，培养了大批人才，一直到桂林沦陷才被迫终止。外公带着全家在桂林前后住了八年。为建艺术馆，他到处筹款，和外婆一起到施工现场办公。这个艺术馆被称作"中国第一个伟大的戏剧建筑物"。他组建的桂剧实验剧团，在许多方面延续了他在南通没有完成的事业。1944年，广西省立艺术馆被日本人炸平了，等到1945年他从昭平的黄姚镇返回桂林时，又从一片瓦砾的废墟中把艺术馆再次盖了起来。

日军进攻湘北，长沙吃紧后，爷爷田汉带着老母亲一行人到了桂林。在中共南方局的支持下，欧阳予倩、田汉、熊佛西、瞿白音等人提出了举办西南剧展的倡议，提振文化界和军民的抗敌士气。之后成立了由外公、爷爷、熊佛西、瞿白音、丁西林等三十五人组成的大会筹备委员会，外公任主任委员。

爷爷说，他和外公的关系在桂林时期是最深的。

外公和爷爷的晚年

田汉 1948 年秘密进入北京，找到徐悲鸿先生，动员他留下来参加新政权。新中国成立后，南国社的"三巨头"——欧阳予倩、田汉、徐悲鸿分别被任命为中央戏剧学院、中国戏曲学院、中央美术学院的首任院长。田汉和欧阳予倩还分别担任了中国戏剧出版社第一任社长和戏曲改革委员会的主任委员。在新政协会议上，外公、爷爷与郭沫若、沈雁冰、钱三强一起担任第六小组成员，负责国旗、国徽、国歌的确定。

20 世纪 50 年代，在繁忙的公务之余，他们没有丢掉戏剧人的本色。1958 年，外公完成了《唐代舞蹈》的初稿，这是我国历史上首次出现的一本舞蹈史。他说："有些人以为中国没有舞蹈艺术，我们要大声地告诉这些人，中国在一千多年以前，就已经有了十分优秀、极为丰富的舞蹈艺术。"他 1950 年创作舞剧《和平鸽》；1957 年主编《中国戏曲研究资料初籍》、发表《回忆春柳》；1959 年创作大型话剧《黑奴恨》，出版艺术论文选《一得余抄》；在去世前的 1962 年，还出版了《电影半路出家记》。爷爷在 1951 年创作了京剧《白蛇传》，创办《戏剧报》并任社长；1958 年创作话剧《关汉卿》；1959 年创作话剧《文成公主》；1961 年创作京剧《谢瑶环》。

1962 年 9 月 21 日外公在北京逝世后，爷爷无限沉痛，他说外公之前还约他到一个医院住院呢。本来他一口气写了七首诗要给病中的外公鼓劲儿，不料这些诗成了悼亡诗。

相比外公，爷爷的晚年要坎坷一些。1956 年，他担任剧协主席时曾在戏剧报上发表过两篇文章，一篇是《必须切实关心并改善艺人的生活》，另一篇是《为演员的春天请命》。现在看来他的观点是对的，但那时却成为他挨整的材料。

外公没有挨过整，他在中戏一直受到保护。外公的性格里含有温润和宽容的部分，但做事非常认真。他和爷爷一样，对人赞扬或批评都当面讲。爷爷说，当年在桂林三教咖啡厅的楼上，他们两个为艺术问题常常争得面红耳赤，但观点会慢慢地接近，矛盾很自然地就解决了。

1958 年，爷爷六十岁的时候，外公写诗给他贺寿，诗中说爷爷"信手拈来多妙谛，随处歌场做战场""花甲如君正年少，英雄气概儿女肠"。落款："寿昌大弟亲家六秩大庆赋诗敬祝遐龄。欧阳予倩，一九五八年四月八日。"

外公过世时我还小。我虽在外公家长大，但每周父亲都要带我们到细管胡同 9 号去看爷爷和老娭毑（老奶奶）。安娥奶奶得了半身不遂，右手动起来不方便。我们每次去，她都对我们慈祥地笑，给我们看小人书，给我们糖吃。

爷爷逝世十年后得到平反昭雪，1979 年 4 月 25 日在八宝山开了追悼会，人大常委会副委员长廖承志主持，茅盾致悼词。据组织者说，来宾多得无法统计。

（《作家文摘》2019 年总第 2258 期，摘自 2019 年 7 月 25 日《南方周末》）

与朱自清同寓伦敦

·柳无忌·

街边偶遇

抵伦敦后还不到几天，住在不列颠博物院附近一家小公寓内，有一下午我在街上溜达，忽然迎面来了一个比我更矮的东方人；再走近一看，是个中国人的相貌。我们大家停步，面对面相互谛视，觉得有点儿面熟。就这样，我无意地遇到了在清华大学教我李白、杜甫那门功课的朱自清老师。他比我大不了几岁，我又是他的一个好学生，在异域相遇，有一番亲切的感觉。

我们没有寒暄，就各自说出来到伦敦的经过。那是1931年的秋季，朱自清（他是位作家，我何必以先生、老师那样称呼他！）在清华教满了五六年书，得到休假的机会，就一个人去英国游历、参观、做研究。他以后还要到欧洲大陆去观光。

我呢，在耶鲁得到学位，还有一年的清华官费，获得留美学生监督处的准许，去欧洲一年，在英、法、德图书馆内探访所藏的中国旧小说，第一站是伦敦。

在与朱自清不期而遇的时候，我正在寻找可以安身的住处，与他的计划不约而同。如能找得一个地方，我们可以同住，比较热闹，有照应，那是最好不过的。朱自清的英文会话有困难，我毕竟在美国已住了四年；对于我们来说，伦敦虽同为异域，我却以老马识途自居了。

经过一番努力，我们找到一处理想的房屋，在伦敦西北郊附近，那是一座老式的房子。当年它应是十分漂亮、阔绰的，可是现在却与主人同样的命运。当我们按门铃时，一个爱尔兰女佣把我们接进去，接着，房东太太与她的女儿也出来与我们交谈。她们温文有礼，说有两间房，愿意租给东方人。这样，我们就在"维多利亚时代的上流妇人"——希布斯太太的家中住下了。

希布斯太太出租的两间房子，一间大的正房朝宽阔的芬乞来路，窗户十分清亮。另有一间侧房，对着邻近的另一家房屋，稍阴暗，但亦颇舒畅。朱自清虽是清华教授，但所拿到的月费恐怕不见得比我的多，而且他得接济在国内的家人。因此，他挑了那间侧房，把正房让给我。我们高兴地在当天搬进去，这样就同住了有三四个月。

在此期间，我们每天与希布斯太太及她的女儿同进早餐与晚饭。这是英国租房的惯例，与美国不同；除午饭外，房客餐宿于寄寓的家中，与房东太太保持相当友谊。在这方面，朱自清与我做到了。我喜欢英国丰富的早餐，晚饭更讲究，而希太太的那位爱尔兰女佣兼厨子，菜也做得有味；更何况，希太太虽然家境困难（在她家那条街上，住她那样房子的人，普遍是不会把房间出租的），对房客的膳食却从不吝惜，她毕竟是英国上等人家出身的。因此，我们住得好，吃得好，而使朱自清更高兴的是他有听讲英文的机会。

结伴同游

每天清晨，朱自清与我同坐公共汽车进城。芬乞来是伦敦北部的一条交通大道，有公共汽车站，距离希太太的房子不远，上下十分方便。汽车并不拥挤，尤其在芬乞来路一带，乘客尽是些文质彬彬有礼貌的绅士式英国人。一到不列颠博物院附近，朱自清与我分手，各奔目的地。他好像很忙，去各处观光，很有劲儿。

有时候（多在周末），朱自清与我共同行动，如去 Hampstead 旷野散步。那不是一个整齐的用人工布置的公园，只是一片浩漫、没有边际、灌木丛生的原野，望出去有旷然无涯的感觉，好似置身在大自然的怀抱中。这里游客甚多，它不仅是在伦敦郊外可以游玩漫步的旷地，而且是好多作家居住的地方，如散文家约翰逊博士、斯蒂尔爵士、戏剧家高尔斯华绥，都曾卜居在这一带。

我与朱自清还去过在不列颠博物院附近的一家诗铺，找了许多时间方才寻着。不记得是谁开的，好像是一位姓 Monro 的诗人，但是我可能把他与美国女诗人，在芝加哥办新诗杂志的 Harriet Monro 混在一起了。那家诗铺铺面很小，设在一座建筑物的地下室；拾级而下，进入诗铺，里面陈列着各式各样的新诗集子与杂志，颇令人有美不胜收的感觉。我对现代英美新诗并无好感，没有买什么书，只看看而已。有一次，在那里开一个朗诵诗会，我们也去听了，到的人并不少。一切在记忆中早已模糊，不知是谁在朗诵，大概是没有名声的新诗人。

君子之交

我与朱自清一同在伦敦住了三四个月，天天见面，交往甚密，但在谈话中从不涉及家庭及私人琐事，也不提到他在清华学校的事情。我们会面时，大多在餐桌及公共汽车上，那是没有讲话机会的。偶尔，在我回房时经过他的房间，随便招呼几句。他总是伏在案头读书或写信，我不便去打扰他。就是有几次我们空闲了聊天，也寡言笑，不时相对着作会心的领悟。这也许就是淡如水的君子之交。在现代中国作家中，朱自清是少有的君子，我对他有深厚的敬意，同样的敬意也在道德与文章方面。他虽然经济并不富裕，但从未发过牢骚，或怨天尤人；他更未恶意地批评过任何人，不论是文人或他在清华的同事。那时候，他身体好，游兴高，不料后来竟为生活的负担，损毁了他的健康。

在英国，我计划中要做的事都已完成，住得也够了。在圣诞节前后，修毕一学期的德国文学史，看完博物院里所藏的中国通俗文学书籍后，我就离开伦敦芬乞来寓所，与朱自清告别，前往法国巴黎。一直到下一年春天，方才再去英国，与新从美国来的我的女朋友在伦敦结婚。此时，朱自清已在欧洲，没有参加我们在伦敦的一家中国餐馆内招待朋友的宴会。此后，我与太太去欧洲度蜜月，有机会时，便与朱自清偕游了好几处名胜。有一次，我们同在瑞士的 Interlaken 城一家旅馆住下。此城位于世界闻名的少妇峰——雪山脚下，是登山巅的一站。登山的费用极大，倘使我与太太一同去，就得花去我一个月清华官费的一半。可是，爱好风景名胜的朱自清，却兴致高高地独自去登山旅行，并不计较旅费。我们在意大利的那不勒斯又住在一起，偕去参观庞贝古城，玩得很好，增加了不少见闻。最后，我们一同在意大利南部的 Brindisi 港埠，乘意轮"拉索伯爵号"，路经红海、印度洋返国。

在抗战期间，我与朱自清先后在湖南南岳的长沙临时大学文学院，及云南昆明的西南联合大学一起教书，由师生、旅伴，成为同事。在昆明时，我们大家有家眷，跑警报，对付生活，无暇做交际来往。抗战结束，我偕家人来美；两年后，哀伤地听到一代文人、名教授朱自清在北平逝世的噩耗。

（《作家文摘》2017 年总第 2015 期，摘自《负笈百年》，张春田编，南京大学出版社 2016 年 9 月出版）

沈钧儒和我们一家三代情

·张国男·

我的父亲李公朴生于 1902 年，沈钧儒生于 1875 年，相差二十七岁的两个人却在革命过程中结成忘年交，一直保持了终生的友谊。我的父亲在 1946 年被暗杀后，我们家继续和沈老保持着密切交往。

革命活动中相识相知

父亲最早和沈钧儒接触是在 1935 年 12 月 "一二·九" 学生运动之后。12 月 12 日，上海文化界马相伯、沈钧儒、章乃器、李公朴、金仲华、钱俊瑞等二百八十余人联名发表《上海文化界救国运动宣言》。1936 年 6 月 1 日，全国各界救国联合会在上海成立，父亲当选为执行委员，并与宋庆龄、何香凝、马相伯、沈钧儒、章乃器、陶行知、史良等十五人当选为常务委员。6 月 10 日，应蒋介石的邀请，沈钧儒、李公朴、章乃器赴南京谈判。抵南京后，蒋介石亲自出面，谈判三天，他们拒绝蒋提出的让救国会接受国民党领导的要求，并安全地回到上海。

谁料，1936 年 11 月 23 日凌晨，沈钧儒、邹韬奋、章乃器、李公朴、史良、王造时、沙千里等七人，在各自家中被国民党当局以莫须有的"危害民国罪"逮捕，造成了震惊中外的"七君子事件"。七人在看守所中待了近八个月，其间他们公推沈钧儒为"家长"。也是这近八个月的监狱生活，使他们结下了深厚的友谊。

五岁的我亲眼看见父亲被法租界巡捕带走。过了好几个月，终于允许家属去探望了。和我们亲热了一阵后，父亲便拉着我们两人的手走到一位长胡须老人面前，说他是他们这里的"家长"沈公公。这也是我第一次见到沈老。

羁押期间，沈老一向喜欢说的两句话是：主张坚决，态度和平。父亲对这两句话作了一番解释，并请沈老写下来当作自己的座右铭。父亲把沈老于 1937 年 2 月 25 日在看守所第 2 号室写的这幅字一直挂在家中。

1937 年 11 月 12 日，父亲到达武汉，参加救国会同人组织的座谈会，与沈钧儒积极筹建全国抗日救亡总会。12 月，他们一起创办了《全民周刊》，并成立了全民通讯社总社。31 日，沈钧儒特意送给父亲一张照片，两侧亲笔题字，至今我们还保存着。

1938 年 10 月，父亲离开汉口，直到 1945 年底他从昆明赴重庆参加救国会的会员大会，才和沈钧儒再次见面，离别整七年。但这七年之间，他们书信不断。第一封信写于1938年10月26日，内容如下：

家长（沈钧儒）、（邹）韬奋、存初（史良）、（沙）千里、（陶）行知、辰夫（柳湜）、（徐）伯昕、（张）仲实、（艾）寒松均此诸友：

如晤，朴此次与曼筠（夫人）则孙（姨侄）由重庆至嘉定，从嘉定坐黄包车至成都，沿途细察各城镇社会生产与民众教育，所得甚多。到成都后又西往灌县看都江堰水利，北赴新都实验县游览，均颇有可观。明晨决定搭公共汽车赴川北区取道汉中赴西安从陕北渡河赴晋，此次藉便看看川北与汉中后方民间情形，极感兴趣，将来离西安时再函告秦中情形。

除此之外，有两封信可以格外看出父亲对沈老的关怀。一封是1942年5月1日从昆明寄出的，信中写道：

衡老：

日前托陆兄带上一函并阿华田（进口营养品）一小听（罐），想于10号前可以送到……昨与职教社孟兄畅谈，藉悉先生安健，无限快慰。

第二封信是1944年2月17日写自云南昆明：

亲爱的衡老：

久未函候，渴念殊深，犹记忆客岁在报上见及陪都友好为先生祝寿消息，颇以不能参加为憾事，乃与家岳合作梅石与题写为寿，日前托褚凤章带上，未识收到否？后又在报上见及百龄餐厅祝寿特写，殊感欣慰。昆明知好曾谈及先生之思想精神时均于感佩，应益加自勉。

这封信写得很长，后面的内容一是汇报昆明学术界人士成立宪政研究会的情况；二是在建立北门书屋的基础上创建北门出版社的成就和出版情况；最后"向诸友请代为致意，此致最敬礼"。这是我们保存的父亲写给沈老的最后一封信。

1946 年 7 月 13 日，沈钧儒得知父亲被暗杀的噩耗后，悲痛异常。他书挽联痛悼战友：

不再跨回来，认定前途有民主；随时准备死，造成历史最光荣。

沈老对我和王健的关怀

1947 年 11 月 6 日，中国民主同盟被迫解散。11 月 26 日晚，沈钧儒乘美国总统轮船公司"戈登将军号"客轮秘密离沪，11 月 30 日抵香港。萨空了为沈钧儒在香港歌顿道 7 号前楼安排了住处，女儿沈谱辞去了工作来和他同住。母亲带着我和弟弟住在后楼。父亲在昆明工作的助手王健也来同住（后来成了我的丈夫）。此后，我和沈老有了更多的接触。

1949 年 2 月 25 日，沈老到北平，住进了北京饭店。他整天忙着开会，接待朋友、客人。沈老提出，为了便于工作，请组织上尽快找到王健来担任他的秘书。中央统战部找到了当时正在社会部工作的王健。

8 月下旬，为沈老今后定居北平，我陪沈老看了几栋住宅，最后由沈老选定了东总布胡同 24 号的一栋洋房。经办人介绍，这是国民党励志社的房产，最早是为接待法国霞飞将军修建的。一幢三层洋房，宽宽的院子，关起大门闹中取静。

9 月 8 日，沈老离开北京饭店迁到新居。胡愈之、沈兹九夫妇，萨空了、方菁夫妇也暂时搬进来同住。我们的生活立即改变为一个新的局面。

1950 年 8 月，我提出来要与王健结婚。考虑到他已经等我长大等了好些年，现已三十四岁（当时我十九岁，还在俄专上学），我们决定把结婚一事提上日程。原来不想结婚，是怕早结婚、早生孩子，这样会耽误我的学业和工作。我和王健经商量后都同意五年内不要孩子，这样问题就解决了。我们把婚期定在了 8 月 5 日，新房就在沈老家王健住的第三层的小阁楼里。

婚礼上，我们收到的最宝贵的礼物就是沈老给我们题的几首诗，这是他给女儿沈谱和范长江结婚时写的贺词。题诗后面是来宾的题词和签名，这是我们最珍贵的结婚纪念品。

沈老对我们下一代的关心爱护

1955 年 1 月 16 日，我们的大女儿王力平出生了。沈老派他的司机把我和孩子从北京医院接回家。孩子夜里主要由我们照顾，白天我们上班就由我的奶妈照顾。沈老每次听到孩子的哭声，就要让身边的人上楼来看看。沈老喜欢把小力平放在儿童车里，推着她在院子里玩。

有一次，不知道我女儿如何得知沈老要去会见班禅，她也想去，但沈老没有同意。当沈老坐的车准备出发时，我女儿突然爬上前面的保险杠，一定要跟着去。沈老无奈，只好带着她去了（班禅额尔德尼就住在东总布胡同西头，原来是李济深住的小洋楼）。到了班禅的住处后，沈老带着她进了和班禅交谈的屋子，让她坐在门口一个软垫子上不要出声。她看见沈老和班禅在亲密交谈，但谈了什么，她一句也没听懂。回来时，沈老还夸奖她很听话。

1961 年，我们的小女儿王艾平出生了。在她几个月大的时候，沈老坐在院子里看到我抱着她，沈老也要抱抱她。我把她放在沈老腿上，沈老用右臂托着她。一老一小对看了一会儿，她忽然伸出小手要抓沈老的胡须，沈老笑着敏捷地用左手把胡须捋向一边，小手没有抓到。王健正好用相机抓拍到这精彩动人的有趣一幕。我小女儿十分珍视这张照片，一直把它保存在她儿时照相本的首页。

　　1936 年到 1946 年，我们从文字记载里可以窥见父亲和沈老的亲密关系，父亲非常钦佩、尊重、爱戴和关心沈老。从 1946 年 7 月 12 日父亲遇难到 1963 年 6 月 11 日沈老仙逝，十七年里，我们全家都受到了沈老的关怀。

　　（《作家文摘》2020 年总第 2319 期，摘自《纵横》2020 年第 1 期）

巴金和他的朋友们

·周立民·

1996 年 10 月 14 日，杭州西子宾馆，北京来的朋友姜德明问巴金先生："您有什么事情要我办？"巴老回答："替我问候北京的朋友们。"

他已九十三岁高龄，不能再去北京，可是，心里却惦记着"北京的朋友们"。不能来北京的日子，他与朋友们鱼雁往来，用文字表情达意。

有一种牵挂叫清晨三时给你写信

李健吾先生的字龙飞凤舞，字如其人，他是一个激情澎湃、热情似火的人。给巴金的一封长信，是他吃了安眠药还不能入眠而起来写的：

　　昨夜采臣来，欢谈许久。他告诉我，有关你的最新的大致情况。我兴奋之余，不能入眠，吃了安眠药，还是在清晨三时醒来，第一件事就是给你写信。他从及人兄那里来，告诉我，入春以来，他的慢性气管炎已好，及人要和他一道来告诉我这个好讯，还是让采臣劝住了。陪他来的，是我一点也不晓得的这么多年就在北京的绍弥——宗融的儿子，这也使我高兴。

　　但是最愉快的，还是你的问题终于到了解决的阶段了。楼上图书室已经打开。钱的事也总会有个水落石出……

　　这封信写于1977年4月26日，正是他们经过浩劫获得"第二次解放"的日子，兴奋之情溢于言表。信中的采臣，是巴金的弟弟，一位出版人；及人，是翻译契诃夫小说而闻名的汝龙；绍弥，是他们共同的友人作家马宗融、罗淑夫妇的儿子。

　　这封信令人感动的是，听到巴金封存的书房开启、存款得以发还的消息，李健吾按捺不住，连安眠药都失效了，以至在凌晨三点起来写信。人的一生中会经历种种风雨，也会有各种收获，然而，最宝贵的、让内心最为富有的难道不就是这样的惦念和牵挂吗？巴金在回信中说，他要把这种友情一直"带到坟墓里去"：

　　你三四点钟就起来给我写信，而且又去把消息告诉克家，你比我自己还激动，这说明你的关心。我感谢你的友情。在困难的时候才看到真心。我已习惯于沉默，习惯于冷静，但是我要把我对朋友们的感激的心情带到坟墓里去。

李健吾的牵挂不是一时一地，1974 年，他听说巴金家添了外孙女，而巴金的存款还封存时，就坐不住了。他联络汝龙等老朋友凑钱给巴金，并让女儿两次把钱给巴金送去，以解燃眉之急。那时很多人不敢登巴金的家门，他在给巴金的信中说：

> 带去三百元，你如若不留下，我就生气了。这先能帮你买药，操操外孙女的心。

几年后，巴金在病房里含着泪跟李健吾的女儿重提这"雪中送炭"的情谊，他称赞这个人有"黄金般的心"。友情是雪中送炭，也可能是和而不同。李健吾所写的巴金《爱情的三部曲》的评论，巴金不同意李健吾的观点，写文章反驳，多少年来，他们争论的文章作为附录一直随着《爱情的三部曲》在印行。彼此坦诚相待，这才是真正的朋友。

"我们出去吃个小馆吧"

1977 年之后，巴金重来北京开会、访友，兴奋之余也有一种怅然若失的感觉。有一张熟悉的面孔，他再也见不到了。那就是老舍：

老舍同志在世的时候，我每次到北京开会，总要去看他，谈了一会，他照例说："我们出去吃个小馆吧。"他们夫妇便带我到东安市场里一家他们熟悉的饭馆，边吃边谈，愉快地过了一两个钟头。

这次"温暖的友情——巴金与朋友往来手札展"中，有两张老舍邀请巴金吃饭的便条，写于20世纪50年代初。一张是老舍、王亚平、李伯钊、赵树理等几位北京市文联的负责人联署的：

明天中午在全聚德请您吃烤鸭，有梅博士及王瑶卿老人等，务请赏光！

这算正式宴请。另外一张是巴金说的"吃小馆"：

会后我预备上琉璃厂，您愿同去否？若同去，咱们可顺手吃小馆。

在晚年所写的《怀念曹禺》中，巴金念念不忘的是与朋友们一起在北京和上海逛街的幸福时光：

我至今怀念那些日子：我们两人一起游豫园，走累了便在湖心亭喝茶，到老饭店吃"糟钵头"；我们在北京逛东风市场，买几根棒冰，边走边吃，随心所欲地闲聊。那时我们头上还没有这么多头衔，身边也少有干扰，脚步似乎还算轻松，我们总以为我们还能做许多事情，那感觉就好像是又回到了 30 年代北平三座门大街。

曹禺的记忆也离不开三座门大街，那是他的《雷雨》和戏剧之梦起飞的地方，也是他与巴金结交的开始：

> 我怀念北平的三座门，你住的简陋的房子。那时，我仅仅是一个不知天高地厚的无名大学生，是你在那里读了《雷雨》的稿件，放在抽屉里近一年的稿子，是你看见这个青年还有可为，促使发表这个剧本。你把我介绍进了文艺界，以后每部稿子，都由你看稿、发表……现在我八十了，提起这初出茅庐的事，我感动不已。

最好少抱怨，多做事；少取巧，多吃苦

每次到北京，只要有时间，巴金必然会到沈从文的家。从沈从文新婚时达子营的家，到后来的东堂子胡同、小羊宜宾胡同，以及在崇文门西大街的沈家，他都去过。

1933 年，沈从文结婚，巴金南下，未能赶上婚礼。可是，过了不久，他就拎着一个藤包来到府右街达子营沈家，沈从文把自己的书房让给巴金住：

> 院子小，客厅小，书房也小，然而非常安静，我住得

很舒适。正房只有小小的三间，中间那间又是饭厅，我每天去三次就餐，同桌还有别的客人，却让我坐上位，因此感到一点拘束。但是除了这个，我在这里完全自由活动，写文章看书，没有干扰，除非来了客人。

沈从文在当时给大哥沈云麓的信中带着欢喜的口气说：

> 我们有一小书房，还希望有一常客住下！朋友巴金，住到这里便有了一个多月，还不放他走的。他人也很好，性格极可爱。

他们一直保持着书信往来，即便是写信都不太方便的时候。1984年2月9日，沈从文大病后所写的第一封信就是给巴金的，他叙述了自己的近况和家里的情况，并说：

> 我左手失灵右手还得用，十个月来却是第一次写这个信，潦草处见意而已，想能原谅。北京今年久旱，因已快一年未下楼，感觉不到窗外在零下十二度是何情形。身体真正转机，想一切得看三月春来以后。希望彼此保重，并祝府中长幼安好。

张兆和附笔说：

> 巴金兄：谢谢你在病中寄来的信和剪报，令我深深感

动，从文看后哭了。我们万分珍重你的友情，希望你保重，今年能够见面。

巴金在抗战最艰难的年代，用毛笔给沈从文写过一封信，其中有一段话给我很多启示和教益：

> 我很高兴为几个熟朋友印书，也希望因此逼几个熟朋友多写点东西。对战局我始终抱乐观态度。我相信我们这个民族的潜在力量。我也相信正义的胜利。在目前，每个人应该站在自己的岗位努力，最好少抱怨，多做事；少取巧，多吃苦。自己走自己的路，不必管别人讲什么。你那埋头做事的主张，我极赞成，也盼你认真做去。

（《作家文摘》2019 年总第 2277 期，摘自 2019 年 10 月 11 日《北京青年报》）

像硬米粒儿一样的傅雷

·杨绛·

　　傅雷广交游。他的朋友如楼适夷、柯灵等同志，已经发表了纪念他的文章。我只凭自己的一点认识，在别人遗留的空白上添补几笔。

　　抗战末期、胜利前夕，钱锺书和我在宋淇先生家初次会见傅雷和朱梅馥夫妇。我们和傅雷家住得很近，晚饭后经常到他家去夜谈。那时候知识分子在沦陷的上海，日子不好过，真不知"长夜漫漫何时旦"。但我们还年轻，有的是希望和信心，只待熬过黎明前的黑暗，就能看到云开日出。我们和其他朋友聚在傅雷家朴素幽雅的客厅里各抒己见，也好比开开窗子，通通空气，破一破日常生活里的沉闷苦恼。到如今，每回顾那一段灰暗的岁月，就会记起傅雷家的夜谈。

　　说起傅雷，总不免说到他的严肃。其实他并不是一味板着脸的人。我闭上眼，最先浮现在眼前的，却是个含笑的傅雷。

他两手捧着个烟斗，待要放到嘴里去抽，又拿出来，眼里是笑，嘴边是笑，满脸是笑。这也许因为我在他家客厅里、坐在他对面的时候，他听着锺书说话，经常是这副笑容。傅雷只是不轻易笑；可是他笑的时候，好像在品尝自己的笑，觉得津津有味。

也许锺书是唯一敢当众打趣他的人。他家另一位常客是陈西禾同志。一次锺书为某一件事打趣傅雷，西禾急得满面尴尬，直向锺书递眼色；事后他犹有余悸，怪锺书"胡闹"。可是傅雷并没有发火。他带几分不好意思，随着大家笑了；傅雷还是有幽默的。

傅雷的严肃确是严肃到十分，表现了一个地道的傅雷。他自己可以笑，他的笑脸只许朋友看。在他的孩子面前，他是个不折不扣的严父。阿聪、阿敏那时候还是一对小顽童，只想赖在客厅里听大人说话。大人说的话，也许孩子不宜听，因为他们的理解不同。傅雷严格禁止他们旁听。有一次，客厅里谈得热闹，阵阵笑声，傅雷自己也正笑得高兴。忽然他灵机一动，蹑足走到通往楼梯的门旁，把门一开。只见门后哥哥弟弟背着脸并坐在门槛后面的台阶上，正缩着脖子笑呢。傅雷一声呵斥，两孩子在噔噔咚咚一阵零乱的脚步声里逃跑上楼。梅馥忙也赶了上去。在傅雷前，她是抢先去责骂儿子；在儿子前，她却是挡了爸爸的盛怒，自己温言告诫。等他们俩回来，客厅里渐渐回复了当初的气氛。但过了一会儿，在笑声中，傅雷又突然过去开那扇门，阿聪、阿敏依然鬼头鬼脑并坐原处偷听。这回傅雷可冒火了，梅馥也起不了中和作用。只听得傅雷厉声呵喝，夹杂着梅馥的调解和责怪；一个孩子想是哭了，另一个还想为自己辩白。我们谁也不敢劝一声，只装作不闻不知，坐着扯淡。傅雷回客厅来，脸都气青了。梅馥抱歉地为客人换上热茶，大家又坐了一会儿辞出，不免叹口气："唉，傅雷就是这样！"

阿聪前年（1978 年）回国探亲，锺书正在国外访问。阿聪对我说："哎呀！我们真爱听钱伯伯说话呀！"去年他到我家来，不复是顽童偷听，而是做座上客"听钱伯伯说话"，高兴得哈哈大笑。可是他立即记起他严厉的爸爸，凄然回忆往事，慨叹说："唉——那时候——我们就爱听钱伯伯说话。"他当然知道爸爸打他狠，正因为爱他深。他告诉我："爸爸打得我真痛啊！"梅馥曾为此对我落泪，又说阿聪的脾气和爸爸有相似之处。她也告诉我傅雷的妈妈怎样批评傅雷。梅馥不怨傅雷的脾气，只为此怜他而为他担忧；更因为阿聪和爸爸脾气有点儿相似，她既不愿看到儿子拂逆爸爸，也为儿子的前途担忧。"文革"开始时，阿聪从海外好不容易和家里挂通了长途电话。阿聪只叫得一声"姆妈"，妈妈只叫得一声"阿聪"，彼此失声痛哭，到哽咽着勉强能说话的时候，电话早断了。这是母子末一次通话，尽在不言中，因为梅馥深知傅雷的性格，已经看到他们夫妇难逃的命运。

有人说傅雷"孤傲如云间鹤"，傅雷却不止一次在锺书和我面前自比为"墙洞里的小老鼠"——是否因为莫罗阿曾把服尔德比作"一头躲在窟中的野兔"呢？傅雷的自比，乍听未免滑稽。梅馥称傅雷为"老傅"；我回家常和锺书讲究：那是"老傅"还是"老虎"，因为据他们的乡音，"傅"和"虎"没有分别，而我觉得傅雷在家里有点儿老虎似的。他却自比为"小老鼠"！但傅雷这话不是矫情，也不是谦虚。我想他只是道出了自己的真实心情。他对所有的朋友都一片至诚。但众多的朋友里，难免夹杂些不够朋友的人。误会、偏见、忌刻、骄矜，会造成人事上无数矛盾和倾轧。傅雷满头棱角，动不动会触犯人；又加脾气急躁，制不住要冲撞人。他知道自己不善在世途上圆转周旋，他可以安身的"洞穴"，只是自己的书斋；他也像老鼠那样，只在洞口窥望外面的大世界。

傅雷爱吃硬饭。他的性格也像硬米粒儿那样僵硬、干爽；软和懦不是他的美德，他全让给梅馥了。朋友们爱说傅雷固执，可是我也看到了他的固而不执，有时候竟是很随和的。他有事和锺书商量，尽管讨论得很热烈，但他并不固执。他和周煦良同志合办《新语》，尽管这种事锺书毫无经验，他也不摒弃外行的意见。他有些朋友（包括我们俩）批评他不让阿聪进学校会使孩子脱离群众，不善适应社会。傅雷从谏如流，就把阿聪送入中学读书。锺书建议他临什么字帖，他就临什么字帖；锺书忽然发兴用草书抄笔记，他也高兴地学起十七帖来，并用草书抄稿子。

我只看到傅雷和锺书闹过一次别扭。1954 年在北京召开翻译工作会议，傅雷未能到会，只提了一份书面意见，讨论翻译问题。讨论翻译，必须举出实例，才能说明问题。傅雷信手拈来，举出许多谬误的例句；他大概忘了例句都有主人。他显然也没料到这份意见书会大量印发给翻译者参考；他拈出例句，就好比挑出人家的错来示众了。这就触怒了许多人，都大骂傅雷狂傲；有一位老翻译家竟气得大哭。平心说，把西方文字译成中文，至少也是一项极烦琐的工作。译者尽管认真仔细，也不免挂一漏万。假如傅雷打头先挑自己的错作引子，或者挑自己几个错作陪，人家也许会心悦诚服。假如傅雷事先和朋友商谈一下，准会想得周到些。当时他和我们两地相隔，读到锺书责备他的信，气呼呼地对我们沉默了一段时间，但不久就又恢复书信来往。

傅雷的认真，也和他的严肃一样，常表现出一个十足地道的傅雷。有一次他称赞我的翻译。我不过偶尔翻译了一篇极短的散文，译得也并不好，所以我只当傅雷是照例敷衍，也照例谦逊一句。傅雷怫然忍耐了一分钟，然后沉着脸发作道："杨绛，你知道吗？我的称赞是不容易的。"我当时颇像顽童听到校长错误的称赞，既不敢笑，也不敢指出他的错误。可是我实在很感激他对一个刚试笔翻译的人如此认真看待。而且只有自己虚怀若谷，才会过高地估计别人。

1963年我因妹妹杨必生病，到上海探望。朋友中我只拜访了傅雷夫妇。梅馥告诉我她两个孩子的近况；傅雷很有兴趣地和我谈论些翻译上的问题。有个问题常在我心上而没谈。我最厌恶翻译的名字佶屈聱牙，曾想大胆创新，把洋名一概中国化。我和傅雷谈过，他说"不行"。我也知道这样一来有许多不便，可是还想听他谈谈如何"不行"。1964年我又到上海接妹妹到北京休养，来去匆匆，竟未及拜访傅雷和梅馥。"别时容易见时难"，我年轻时只看作李后主的伤心话，不料竟是人世的常情。

（《作家文摘》2016年总第1927期，摘自《傅译传记五种》代序，生活·读书·新知三联书店2010年6月出版）

忆大千、心畲

·台静农·

伤　逝

　　在大千居士最后一次入医院的前几天的下午，我去摩耶精舍，他看见我，非常高兴，放下笔来，我即刻阻止他说："不要起身，我看你作画。"

　　我就在画案前坐下。案上有十来幅都只画了一半，等待"加工"。眼前是一小幅石榴，枝叶果实，或点或染，竟费了一小时的时间才完成。

　　第二张画什么呢？有一幅未完成的梅花，我说："就是这一幅吧，我看你如何下笔，也好学呢。"他笑了笑说："你的梅花好啊。"

　　其实我学写梅，是早年的事，不过以此消磨时光而已，近些年来已不再有兴趣了。但每当他的生日，不论好坏，总画一小幅送他，这不是不自量，而是借此表达一点心意，他也欣然。最后的一次生日，画了一幅繁枝，求简不得，只有多打圈圈了。

他说："这是冬心啊！"他总是这样鼓励我。

话又说回来了，这天整个下午没有其他客人，他将那幅梅花完成后也就停下来了。我俩相对谈天，直到下楼吃晚饭。平常吃饭，是不招待酒的，那天意外，他不仅特地要八嫂拿白兰地给我喝，还要八嫂调制的果子酒，他也要喝，他甚赞美那果子酒好吃，于是我同他对饮了一杯。当时他显得十分高兴，作画的疲劳也没有了，不觉话也多起来了。

回家的路上我在想，他毕竟老了，看他作画的情形，便令人伤感。犹忆1948年大概在春夏之交，我陪他去北沟故宫博物院，博物院的同人对这位大师来临，皆大欢喜，庄慕陵兄更加高兴与忙碌。而大千看画的神速，也使我吃惊，每一幅作品刚一解开，随即卷起，只一过目而已。事后我问他何以如此之快，他说："这些名迹，原是熟悉的，这次来看，如同访问老友一样。当然也有在我心目中某一幅某些地方有些模糊了，再来证实一下。"

晚饭后，他对故宫朋友说，每人送一幅画。当场挥洒，不到子夜，一气画了近二十幅，虽皆是小幅，而不暇构思，着墨成趣，且边运笔边说话，时又杂以诙谐，当时的豪情，已非今日所能想象。所幸他兴致好，并不颓唐，今晚看我吃酒，他也要吃酒，犹是少年人的心情，没想到这样不同寻常的兴致，竟是我们最后一次的晚餐。数日后，我去医院，仅能在加护病房见了一面，虽然一息尚存，相对已成隔世，生命便是这样的无情。

西山逸士

溥心畬先生（清恭亲王奕䜣之孙，自号西山逸士）的画首次在北平展出时，极为轰动，凡爱好此道者，皆为之欢喜赞叹。北宋风格沉寂了几百年，而当时习见的多是四王面目，大都甜熟无新意，有似当时流行的桐城派古文，只有躯壳，了无生趣。心畬挟其天才学力，独振颓风，能使观者有一种新的感受。

我与心畬第一次见面，是在北平他的恭王府，恭王府的海棠最为知名。王府庭院深沉，气派甚大，触目却有些古老荒凉。主人在花前清茶招待，他因我在辅仁大学与美术科主任溥雪先生相熟的关系，谈起话来甚为亲切。雪斋是心畬从兄，这两位旧王孙，同负画苑盛名，兄清癯而弟丰腴，皆白皙疏眉，头发漆光，身材都不算高。

心畬渡海来台，我们始相见于台大外文系英千里兄的办公室，道途辗转，不惯海行，颇有风尘之色。我陪他参观中文图书馆，甚是高兴，以为不意台湾孤悬海外，居然还有这么多藏书。我告诉他这些书都是福州龚家乌氏山房的收藏，早年台湾帝大买来的，他笑着说："这不失为楚弓楚得。"后来他便时向我借书。

约在甲子春夏之交，大千兄在日本带给我一本他画的册页，甚精。他听说了，急于要看，因告诉目寒兄，后日同在某家宴会，务必带去。届时我带去了，他坐方桌前，正为一群人写字。看我来了，就放下笔，欣然将册子接去，边看边赞赏。翻到最后空页，拿起笔来便题，不曾构思，便成妙文：

> 凝阴覆合，云行雨施，神龙隐见，不知为龙抑为云也。东坡泛舟赤壁，赋水与月，不知其为水月为东坡也。大千诗画如其人，人如其画与诗，是耶？非耶？谁得而知之耶？

寥寥六十来字，超脱浑成，极切合大千气度。

我曾与大千谈到心畬的捷才，他也佩服，因说昔年同在日本时，他新照了一相，心畬看了，就立刻题了一诗：

> 滔滔四海风尘日，天地难容一大千；恰似少陵天宝际，作诗空忆李青莲。

这样真情流露，感慨万端，不特看出他两人的交情，并且透露了他两人以不同的格调高视艺坛的气概。我想他这种感情，必是久蓄胸中，一旦触机而发，绝非偶然。可悲的是，大千投老归来，心畬竟先返道山。今则两人俱归于寂灭，余写此回忆，虽平昔琐屑，实深怀旧之感。

（《作家文摘》2014 年总第 1783 期，摘自《台静农艺术随笔》，陈子善编，上海文艺出版社 2014 年 3 月出版）

我家的"先生的餐桌"

·施亮·

我家有一张能够旋转且做工甚为精美的红木圆桌，是以前的餐桌。这张红木圆桌的历史起码也在六十年以上了，在这张桌子上曾经坐过诸多引领时代潮流的先生。据母亲说，这张红木桌曾是民国初期的财政总长、后来华北头号汉奸王克敏的家具。

翻译家们捧出个"杜家菜"

在"文革"前，常来光顾我家的宾客，是父亲施咸荣（文学翻译家）的两位好友朱海观先生与杨仲德先生。他俩都是中国社会科学院外国文学所的著名学者与翻译家。

朱海观先生在抗日战争时期担任过郭沫若的秘书，郭沫若所著的《洪波曲》还多处提到他的名字，他解放后也仍然与郭老一家保持密切交往。朱先生也是研究海明威的专家，翻译过很多海明威的作品，还是《世界文学》的编委。他与先父是至交，无话不谈。"文革"初期，岁月动荡，他还将自己的日记藏在我家。

他当年常常到我家做客，父母邀请他吃饭，他毫不推辞，轻松潇洒一笑："好嘛，我就留下来品尝'杜家菜'。"我母亲杜若莹早已熟悉他的口味，他不食猪肉，便做一些家常菜，如家乡豆腐、清炒虾仁、清炒牛肉丝，再来一条清蒸鱼；父亲还时常打开一坛黄酒，与他小酌一番。

朱先生非常欣赏母亲做的菜肴，"杜家菜"就是他先叫出来的。他还常到郭老家吹捧"杜家菜"，郭老半开玩笑地说："我出一笔钱，请她家帮我烧一桌菜，我也去品尝品尝你说的'杜家菜'如何？"朱先生还真就张罗起来，但被父亲婉拒了。父亲担心此事会惹出麻烦来，即使是被扣上一顶"大吃大喝的资产阶级生活作风"的帽子也够受的。但是，就在"文革"最乱的岁月，朱海观先生仍然泰然自若地来我家品尝"杜家菜"。至今，我仍然清晰地记得那情景，他坐到红木圆桌前，笑嘻嘻地嘴里嘟囔着："哦，杜家菜，杜家菜！"

钱锺书："我撑死也要做个饱死鬼"

先父在清华大学读书时，是钱锺书、杨绛夫妇的学生。几十年来，我家与钱家一直保持着很亲密的关系。母亲也时常做一些家常小菜让父亲或我们送到钱家。钱先生是无锡人，他很喜欢吃母亲做的苏锡风味的菜肴。

1985年的中秋节前，钱先生给爸爸打来一个电话，说中秋节要来我家做客，他们夫妇一起过来。那段时间，钱锺书、杨绛夫妇忙于写作研究，不仅杜门谢客，更是绝少到他人家中做客。父亲喜吟吟地将这个消息告诉了母亲，母亲足足花了一个星期的时间买菜与选料。她特意从一位高干家里借来了"特供证"，从特供商店买来了鸡鸭、活鱼等，刻意烹制了一桌苏锡风味的丰盛菜肴。至今我还记得，那餐的冷盘有醉虾、白斩鸡、熏鱼、油焖笋，还有一个腊味大拼盘。热菜则有清蒸鳜鱼、炒鳝糊、八宝鸭子、冰糖肘子等。

那天的家宴，钱先生吃得颇为惬意，大快朵颐，他连称已经多年未尝到真正的家乡菜了。吃到最后，他分明已经连连打饱嗝了，还忍不住伸出筷子要去夹一块肘子肉。杨绛先生坐一旁，极其轻巧地用她的筷子一拨，警告地说："锺书啊，不能再吃啦，晚上又要闹胃疼啦！"钱先生"嘿嘿"憨笑一声，筷子略缩回一下，却仍夹了一小块瘦肉咀嚼着。他解嘲地嘟囔一句无锡话，意思好像是"我撑死也要做个饱死鬼"。

钱先生是性情中人，有人批评他骄傲自负，其实他胸襟坦诚，一片纯真。我记得，他在席间与父亲顺口聊到乔伊斯的《芬尼根的守灵夜》，父亲直言说他读了几遍也看不懂，钱先生哈哈大笑道："这才是老实人说老实话呢！跟你讲吧，我也看不懂！还有《尤利西斯》，谁能真正读懂呀？"

那天饭后还剩下很多菜肴，父母便统统打包给钱、杨夫妇带走，他们也很高兴地拎着下楼，乘一辆接他俩的小汽车而去。

"三剑客"的饭局

董乐山先生及梅绍武、屠珍夫妇曾是先父好友，后来又成为中国社科院美国研究所同事，也是那张红木圆桌的常客。董乐山先生风流倜傥，清高傲世，由于长期在新华社工作，又交友广泛，博闻强识，交谈时常常流露出讽世讥刺的锋芒，听他在饭桌上闲谈亦是一件快事。梅绍武先生是梅兰芳大师的公子，颇具世家子弟的矜持良品。他在筵席上有一习惯，举筷子只夹眼前的那盘菜，绝不抬胳膊伸筷子去夹菜。父母发现他这个特点，便时不时旋转桌面，尽量使他能够多吃到几个菜肴。他一口标准的京腔，谈笑风生，儒雅潇洒，言语间也是意趣横生。十多年前，在纪念先父的一次座谈会上，梅绍武先生还颇感伤地回忆起往事。当年美国所的人们给董乐山、梅绍武及先父起了"三剑客"的绰号，因为他们是共同切磋学问、同来同往的三个好友，常常在一起相聚。

"三剑客"的饭局还经常顺带邀请冯亦代老人，他也是父母的挚友。冯亦代老先生犹如龚自珍诗云的"亦狂亦侠亦温文"，是一个很有性情的老人。他直率敢言，思想开放，在文艺界颇有名望。老人常常在饭桌上聊起文艺界的名流逸事。

岁月悠悠，世事迁流，过去坐在那红木圆桌前的先生们，多已作古，但先生们与我家的情谊依然长存。

（《作家文摘》2017 年总第 2021 期，摘自 2017 年 3 月 3 日《今晚报》）

沈醉与杜聿明的"手足"情

·沈美娟·

共产党真是我的再生父母

1949 年，父亲沈醉在云南参加了云南省主席卢汉领导的起义，但后来阴差阳错地被当成战犯关了起来。

1957 年秋，父亲从重庆战犯管理所被转送到北京功德林监狱的战犯改造所。父亲发现这里有很多熟人，彼此见面也都很高兴，因为大家毕竟都活着。说话间，父亲瞅见房间内放着一个床铺大的石膏模型，模型内躺着一个戴深度近视眼镜的人。他定睛一看，不由得大吃一惊——此人竟然是传闻已经被枪决了的杜聿明！没想到他竟然还活着。不过看到杜聿明躺在石膏模型里，父亲心里又很不是滋味，以为这是战犯所在用刑具惩罚他。

有一天，父亲见室内只有几个从重庆过来的老熟人，便指着杜聿明睡的石膏模型说："这是什么意思？"杜聿明听后，哈哈大笑："这是给我治脊椎病的呀！"杜聿明告诉父亲，他被俘后自觉没脸再活下去了，曾两度自杀，结果被抢救过来。他知道自杀已不可能，就决定换种方式达到目的。他知道自己当时患了三种严重的疾病，肺结核、肾结核和胃溃疡，但他从不向医生说自己的病情，一心希望早死。可是，监狱给他们体检时发现了他的病，积极给他治疗。后来，又发现他还患有脊椎结核，为了给他治病，医院专门给他定做了一副石膏模型来矫正他的脊椎，还通过香港、澳门等地进口一些治疗结核病的链霉素、雷米封等特效药，为他和其他患有结核病的战犯治病，每天还特别供应他们鲜牛奶。杜聿明说他在这个石膏模型里已经躺三年了。他激动地对父亲说："共产党真是我的再生父母啊！"

父亲没想到，当年那个对蒋介石忠心耿耿的杜聿明会说出这么一番话，心里颇有感触。

共产党没有忘记他为国家所做的贡献

不久，战犯管理所按照中央制定的"思想改造和劳动改造相结合"的政策，成立了缝纫、理发、补鞋、洗衣等十来个小组，父亲和杜聿明报名参加了缝纫组。杜聿明自告奋勇当组长，父亲报名当了副组长，协助杜聿明工作。

最初，缝纫组里活儿不多，不过是帮大家补补旧衣裤而已。父亲和杜聿明不管有没有活儿，在下午的劳动时间里，都会待在缝纫室里，一起谈过去、谈学习、谈思想，也谈未来。杜聿明告诉父亲，他现在之所以对共产党心悦诚服，不是因为共产党花很大的代价为他治好了病，而是共产党的所作所为让他认识到共产党的伟大和光明磊落。

有一次，战犯所让他们写历史资料，他以为是让交代过去的罪恶，所以只写了抗战前在大别山阻击红军和抗战后在东北、淮海战役中对抗人民解放军的罪行，根本没有提到打败日军的昆仑关战役及率远征军出国抗日的历史。没想到，材料交上去之后，负责史料收集的管理人员找他谈话说："抗战是中华民族生死存亡的战争，国民党参加抗战在历史上是不可或缺的一页。你当年在昆仑关打了那么大的胜仗，消灭了日军的一个旅团，后来又率领远征军去缅甸配合英军抗击日军。这些历史你都应该认真地写出来啊，不能光是交代罪行嘛！"

父亲知道，昆仑关战役中，杜聿明率领的第五军在昆仑关与号称"钢军"的日军板垣征四郎所部第五师团十二旅团血战了十二天，消灭了日军四千多人，击毙了旅团长、日本著名的军事将才中村正玄的两个联队长，获得了全面的胜利。这是杜聿明一生中最为自豪的一件大事。没想到共产党并没有忘记他为国家所做的贡献。

1959年底，政府特赦了第一批"改造满十年"的战犯，其中有杜聿明、宋希濂等十人。特赦名单宣布后，父亲见自己不在特赦之列，情绪有些低落。杜聿明关切地对他说："你不能泄气，也没有理由泄气。既然有第一批，就肯定会有第二批、第三批。你今天还不符合特赦的标准，就好好争取嘛！"

事情果然像杜聿明说的那样，第二年，也就是1960年底，父亲在第二批中被特赦了。

杜伯母管我父亲叫"表弟"

一天，父亲突然接到我在香港的母亲通过最高人民法院转来的一封信。母亲告诉父亲，1953年，台湾曾发过一个消息，说父亲不在人世了。可是，前不久她在香港的报纸上看到第二批特赦战犯名单中有"沈醉"这个名字，这才知道他还活着。母亲在信中交代了家里的情况：老母亲已于1953年在台湾去世，大女儿燕燕也在长沙病故了，最小的女儿老五（我）寄养在长沙的亲戚家里，其他四个孩子都在台湾大哥家……

之前，父亲曾托过不少朋友打听母亲的下落，但一直没有结果。此时突然接到我母亲的来信，他既喜出望外，又伤心难过。

父亲把这一悲一喜的消息告诉了杜聿明等老友，问他们下一步该怎么办。杜聿明建议父亲马上向有关领导人汇报，请上级安排父亲和我见面。父亲立即按他的建议去找了领导。不久，领导答复说，等放暑假时，便安排我到北京去见父亲。

杜聿明听到这个消息非常高兴，他知道我们父女分别时我不过三四岁，再见面时彼此可能不认识了。他告诉父亲一个相认的办法，就是做一套衣服寄给我让我穿上，他去车站接我时就不会搞错了。父亲便把自己的一件蓝白相间的条纹睡衣改成上衣寄到长沙，让我见他时穿上。暑假我到北京时，父亲就是凭着这件上衣认出了我。

我到北京的第二天，父亲就领着我去见了杜聿明伯伯。当时我还是个傻乎乎的小女生，对历史和政治上的事一窍不通，但我看过《毛泽东选集》里的《敦促杜聿明等投降书》，所以一见杜聿明，我脱口而出："杜伯伯，你最不听毛主席的话了，他让你投降，你也不投降……"

我的话还没有说完，父亲急忙制止我说："小孩子莫乱讲话！"

杜伯伯哈哈大笑对我父亲说："这正是小孩子天真可爱的地方，想说什么就说什么，一点没有假。"说到这里，他转过脸对我说，"我过去的确是最不听毛主席的话了，可现在我是最听毛主席的话了。"

这次见面杜伯伯很高兴，他还答应过两天借部照相机，陪我们一起出去玩玩，为我们父女多拍几张合影，好寄给我的母亲。两天后杜聿明伯伯果然借来了一部照相机，陪我们父女在天安门、北海公园等地拍了不少照片。遗憾的是，当时我们都没有想到跟杜伯伯一起合影……

1963 年 6 月，杜夫人曹秀清为了与杜聿明团聚，特意从美国绕道日内瓦、苏联回到北京。1965 年 5 月，杜夫人因服错药，昏迷不醒，在医院抢救了三个多小时，父亲就一直守在杜聿明身边。杜夫人被抢救过来后，杜聿明已经累得连眼睛都睁不开了。杜夫人年迈体弱，需要家属陪护。他俩商量好，白天由父亲在医院守着，夜里杜聿明来接班。这样的生活持续了半个多月。后来父亲告诉我说，医生问杜伯母我父亲是她什么人。杜伯母认真地说："他是我的表弟。"她的大女儿杜致礼回国来探望她时，也管我父亲叫"舅舅"。

"祖国的分裂、两岸骨肉分离……我们都是要负责任的"

1966年"文革"开始不久，父亲第二次被关进秦城监狱，五年之间音信全无。我当时已经去了宁夏建设兵团。当时许多人都躲着我继母，只有杜聿明夫妇依然像过去一样待她，还在生活上照顾她。

1980年，父亲带我去香港探亲，临走前，我们去杜家辞行。杜聿明拉着父亲的手语重心长地说："我们当中你是第一个外出探亲访友的，你应当做出个榜样，要保持晚节……"

我们从香港回来后，杜聿明已经因为肾衰竭住进了医院。一星期后，杜伯母打电话给我父亲，说杜聿明可以见客了，父亲连忙赶去。杜聿明一见我父亲就抱住他说："医生直到今天才让我见客，你是第一个来看我的。"当他得知台湾当局不准我弟弟来香港探望时，便急切地让父亲帮他写篇文章投给香港的报刊发表。父亲劝他病好了再写，他却严肃地说："我要写的是关于祖国统一的问题，你能不帮我写吗？"停顿片刻，他突然含泪激动地说，"老弟，祖国的分裂、两岸骨肉分离……这一切我们都是要负责任的。我想告诉台湾的一些老长官、老同事和旧部，大家要共同努力，要在我们这一代人手中完成祖国的统一大业。要立即动手，再拖下去，就更对不起人民了！"

父亲听了很感动，答应马上动手帮他写。遗憾的是，父亲回家没几天，因心脏病复发被送进了医院，在医院治疗了二十多天。出院后，却传来杜聿明因换肾引起排异反应已经去世的消息，我父亲当时就昏倒了……

（《作家文摘》2015 年总第 1870 期，摘自《名人传记》2015 年第 7 期）

赵朴初与傅家两代的交往

·傅益瑶口述，沈飞德采访，杨之立整理·

没有见面已经很神往了

谈我和赵朴初伯伯，就离不开我父亲傅抱石和朴老的关系。父亲是个惜时如金的人，我从来没有见过他与人约会消遣。可是有一次却情景大异。大概是 1963 年至 1964 年，晚上九点多，父亲接到一个电话，他笑得灿烂，不停地说："太好了，太好了。""不晚，不晚。"又说，"我马上就来，马上就来。"他放下电话，立即换衣服准备出门。我紧跟在后面问："爸爸，是谁找你，你上哪儿去？"父亲不理我，直至走到门口，才回过头来对我说："是你赵朴初伯伯，他现在就在中山陵招待所，约我去聊天。"那天父亲是几点钟回来的，我早已进入梦乡，完全不知道。

父亲出差到北京，回来十有八九会在饭桌上提到朴老。比如，父亲在饭桌上和我说："养生只有你赵伯伯最厉害，他认为穴道都是从耳朵那里出发的，左手拉右耳、右手拉左耳，就是很好的养生小窍门。"父亲一边说还一边比画一下，但他的手并不能从后面碰到另一侧的耳朵。父亲对朴老有一种格外的亲近，又带有一种依恋的情绪，我自然而然地认为朴老是我们家的伯伯，没有见面已经很神往了。

父亲讲了三国名士何晏的典故，以此来形容朴老的肤白。他说，以前不是常常说"何晏白"嘛，何晏脸白如敷粉，有一次朋友戏弄他，逼他吃热饼、汤饼，吃得他满头大汗，拿毛巾给他擦，他的脸变得红红的，淡下来又复雪白，这样测试出他没有敷粉。朴老就是白得晶莹透亮。父亲说，中国人的皮肤面相太重要了，皮肤有白面、黑面、黄面等，白也分很多种，最怕的是鱼肚之白，就是鱼死了以后翻出来的很涩的白，但朴老的白，由内而外，晶莹透亮，这种面色不是普通的肤色，而是内在有修养的人才能具有的，就是内修清才能外透亮，可见朴老仙风道骨的风姿，让我父亲很倾倒。

第一次见面却没有拘束

父亲生前，我无缘得见朴老，父亲去世后，两家也没有多来往。"文革"结束后，我国政府代表团赴日访问，选了我的画作《高山悬流》为赠送日本友人的礼品，朴老不但将他新作诗词题到我的画上，并书跋曰："今再题此，为益瑶留念，抱石先生有知，当为之开颜一笑耳。"而且还另书了一幅四尺中堂的王船山诗托人转给我，其中有句"只写青山莫写愁"。我接到时，惊讶得说不出话，朴老似乎是看到了我当时的心情而特地给我送来解药。

1979年6月，邓小平副总理在廖承志副委员长转呈的我母亲的申报报告上批示，批准我公费去日本东京武藏野学校学习（那也是我父亲留日时的学校），我得以东渡日本求学。1980年夏，我放暑假，第一次回国省亲。我家在南京，那时没有日本直达南京的飞机，要先到北京、再从北京坐火车回南京。北京我有个朋友叫曹大澂，他在国管局工作，和朴老比较熟，事先联络朴老说傅益瑶想来拜访您。朴老一听，特别高兴，说一定要到家里来玩儿。于是我到北京的第二天，曹大澂陪我一起去了朴老家。

一见朴老，我终于明白了父亲说的"你见到他就知道了"以及什么叫"何晏白"。我口无遮拦地问："您的皮肤怎么这么好？"他就很老实地说："可能是像我妈妈吧，我妈妈的皮肤特别好。"好玩吧？这种话别人不敢和他说，我们虽然是第一次见面，却没有拘束感。因为父亲和他谈过小孩子的教育，在家里的几个孩子里，父亲对我用心最大，父亲老和朴老讨论怎么教育我这个"顽劣之徒"，所以我问这个问题，他也不以为意。

那时，他太太陈邦织也在。陈阿姨是大户人家的女儿，朴老非常敬爱妻子，在家里基本上是太太做主。那次正好他家里的某个机器坏了，机管局拖了大半天都不来修，陈阿姨性格耿直，发了一顿脾气。但朴老很淡定，总是一副笑眯眯的样子，好像完全不是他的事。朴老虽然地位崇高，但佛协不是实权机构，所以很多事情一次是办不成的，需要多打几次电话。朴老是个比较出尘的人，陈阿姨像他生活上的帐幕一样保护着他。有时候我和朴老虽然在一起，但是大家的活动，人人都要和他说话，要和他说话真的很不容易。陈阿姨在场的时候蛮照顾我的，我在房间里和赵朴初讲话，她就不叫别的客人来。

你爸爸的字有真趣

那天，我还带了自己的课稿请朴老指点。朴老讲得很仔细，告诉我这几个字架构很好，这几个字就不对；字的肩架，就像人的肩膀一样重要，字和人一样要坐得正，中心不正，别的努力都白费。他夸奖我说："你字写得不错，有很大进步。"我很好奇，问："您怎么知道我的字，我以前没给您写过信呀？"原来朴老在我的画上看过，我想我那时候的字一定很烂。

朴老又问："你爸爸的字好在哪里，你知道吗？字架构要好，但是有时候架构一好就显得笨拙，但是你爸爸的字架构又好又风流，一点儿也不笨。"他还说，"有的人想写得漂亮，在边边角角上用很多功夫，这种功夫越用越糟糕，你爸爸从来不用这种功夫，所以你爸爸的字有真趣。"我回来反复回味，觉得这一番话是练字的真髓，我很感恩自己一路碰到好老师，永远教我走实在的路。最后他嘱咐我说，你一定要好好地把你爸爸的字练透、学透。

仗着自己是小辈，我还问了朴老许多琐碎问题，他一点架子没有，一一正面回答。例如，我问他："您是不是参禅打坐啊？"他说："我修行，经常面壁，但不参禅打坐。"我又问："您的养生绝技不是拽耳朵吗？"他说，拽过，但不会老拽。我又问他是不是吃全素，他说有些时候是吃素的，但没有刻意如此。

我说父亲曾说，画画先要有情，才会有语，他却说："人人都有感情，有感情不都是好文章，还是要有境界。"境界两个字，说起来似乎是很缥缈、很艰难的事，其实就像修行一样，随时随地都要有个境界，有这样的境界才有佛家所说的"愿力"。我琢磨着，和父亲常说的画要有意境是一个道理，他说没有意境的画，还偏要去加，又不是菜淡了加点盐和酱油，意境是加不出来的。那时我太年轻了，听得似懂非懂，现在想来是字字真金。

我父亲去世后，朴老写了一首令人泪下的诗作怀念他：

> 共餐山色忆峨眉，画笔流云叹世稀。
> 更念扬州明月夜，同心文字献盲师。

而且在诗跋中特别写了他与父亲如何在扬州深夜共商中日佛教交流协议书的情形，说是"余为文，君书之"，那真是"同心文字"了。

（《作家文摘》2018 年总第 2102 期，摘自《世纪》2017 年第 11 期）

沈寂与张爱玲的交往

·韦泱·

时下健在的大陆作家中，见过张爱玲的，已经寥寥无几。而与张爱玲早期有过多年交谊者，则非沈寂先生莫属。

我近来在给年逾九旬高龄的沈老先生撰写年表期间，断断续续听他谈及张爱玲。今年适逢张爱玲（1920—1995）逝去二十周年，打捞一些沉入历史海底的碎片，作为对海上文坛前辈的心香一炷。

第一次见面

康乐酒家，坐落在静安寺路上，当年是一家颇为有名的高档餐馆。1944 年 8 月 26 日下午，由《杂志》社主办，在这里举办了一次评论张爱玲及其《传奇》的座谈会。沈寂作为"新进作家"，以"谷正樾"的笔名，也在邀请之列。

作为座谈会主角的张爱玲，这天涂着口红，穿着橙黄色的绸底上装，戴着淡黄色的玳瑁眼镜，脸上始终露着微笑，可见她的心情之好。主持人话音一落，她便从座椅上欠了欠身，声音低低地说："欢迎批评，请不客气地赐教。"

接着大家自由发言，几乎是一片赞扬声。年方二十的沈寂说："在中国封建势力很强，对付这势力有三种态度，一是不能反抗，二是反抗，三是不能反抗而将这势力再压制别人。若《金锁记》里'七巧'就有以上第三种人的变态心理，受了压迫再以这种压迫压子女。"

这是沈寂第一次见到张爱玲。虽然彼此没有直接交谈，但在一张桌子上，算是面对面了。

纸上见面

其实，正式见面前，沈寂与张爱玲常常在纸上见面。

1942 年，在复旦大学读二年级的沈寂创作的第一篇小说《子夜歌声》刊出后，一发而不可收。第二年在周瘦鹃主编的《紫罗兰》第七期上，刊发小说《黄金铺地的地方》。而这一年，张爱玲从《紫罗兰》第二期至第六期连载小说《沉香屑》。周瘦鹃"深喜之，觉得风格很像英国名作家毛姆的作品"。同年，沈寂在柯灵主编的《万象》上连续发表了《盗马贼》《被玩弄者的报复》《大草泽的犷悍》三篇小说，得到柯灵的好评。而张爱玲的小说《连环套》，当年也在《万象》上连载。她的《心经》还与沈寂的《盗马贼》同时刊登在九月号上。在柯灵的眼中，张爱玲与沈寂是《万象》的重点作者，也是有广阔前途的青年作家。

1943 年底，在亲友们为沈寂与女友朱明哲举办完订婚宴的当晚，日本宪兵突然逮捕了沈寂。原因是沈寂的中学同学蒋礼晓侥幸出逃后，在其家的日记本上查到沈寂的名字。四十余天的监狱生活艰苦难熬，包括上"老虎凳"。沈寂咬牙挺住，终因没有确凿证据，于 1944 年 2 月被释放。没过几天，有人打电话给沈寂，轻声说你进过宪兵队，不宜再给《万象》投稿，以免牵连刊物和柯灵，但可转而为《杂志》写稿。果然不久，《杂志》编辑吴江枫写信给沈寂，向他约稿，但以后要改个笔名，不能再用过去的沈寂。两人推敲一番，最后定名为谷正櫆。之后其小说相继刊出。

当年 8 月，《杂志》举办过一次笔谈专辑"我们该写什么"，按作者来稿先后排序，张爱玲、谷正櫆为三、四，正巧登在同一版面上。可以说，这是他们"零距离"在一起。从《紫罗兰》《万象》到《杂志》，两人纸上见面不算少哪！

登门解释

但是，在康乐酒家所见的第一面，沈寂并没有给张爱玲留下好印象。沈寂发言里有"变态心理"四个字，这正是张爱玲极为反感的字眼。她联想到不久前看到迅雨（傅雷）的文章《论张爱玲的小说》，也批评她的《金锁记》曹七巧"心理变态"。

张爱玲进而联想到，有变态心理的作者，笔下才会出现有变态心理的人物。这谷先生与迅雨先生，可是一鼻孔出气。她越想越气闷，就把这一想法与吴江枫嘀咕了一通。

吴江枫听后，觉得事情不妙。作为《杂志》编辑，又是那次座谈会的主持人，他不希望张爱玲的情绪受到影响。吴江枫很快把张爱玲的想法转告了沈寂。怎么办呢？从刊物这边来说，张爱玲惹不得，她是上海滩当红女作家。从沈寂这边来说，"好男不跟女斗"，应该消除张爱玲的误解。于是，在吴江枫的建议下，决定登门解释。

一日下午，约好时间，沈寂跟随吴江枫去了赫德路195号爱丁顿公寓。张爱玲乍见吴江枫带着谷先生进门，已心知肚明，笑脸相迎。张爱玲年长沈寂四岁，自然有大姐的姿态，举止落落大方，这使心里有点忐忑不安的沈寂很快消除拘谨，言谈自如。三人东拉西扯，说说笑笑，从座谈会谈到正在喝的咖啡味道，谈到市面上的行情。前后坐了一个来小时，丝毫不见张爱玲有什么不愉快之处。

张爱玲由此晓得，谷先生常常以"沈寂"为笔名发表作品，谷先生与迅雨的评论文章毫不搭界，等等。"到底是上海人"的张爱玲，的确"拎得清"。

约译稿

到了1945年8月，抗战胜利。社会舆论对张爱玲多有责难，在大光明大戏院担任外国原版影片"译意风"（类似同声翻译）的姑妈，决意为张爱玲换个环境。这样，她们搬出爱丁顿公寓。其间，张爱玲埋头写作，从小说《华丽缘》《相见欢》，到电影《不了情》《太太万岁》。但报刊上以张爱玲署名的作品已大为减少，还时遭退稿。这大大打击了她的自尊。同时，这也意味着靠稿费生活的她，渐渐陷入困境。

时至1948年底，沈寂正在革新《春秋》杂志，想办得更纯文学一些，在一时稿源匮乏之下，他想到了张爱玲，不能用真名发表创作作品，就请她化名发表翻译作品吧！

沈寂写信约张爱玲译稿，很快，张爱玲寄来了一篇题目为《红》的译作，约四千字，署名霜庐。沈寂看后，觉得是对毛姆原著的改写，文字风格则是张式的。张爱玲说明道：因在创作小说，没有全部译完，很是抱歉云云。同时，把美国"企鹅版"毛姆小说原著附来。

沈寂读的是复旦大学西洋文学系，对外国文学自然烂熟于胸。他很快根据原文，译完余下的三分之一文字，编入《春秋》1948年第六期"小说"栏目。在内页《红》的题目处，沈寂请人配了题头画，中间留了空白，署名是用翻译还是改编，沈寂颇费踌躇。却因发排时间紧，最后疏漏了填写。这样，不看前面目录，不知作者为谁，只是此文与鲁彦的《家具出兑》、田青的《恶夜》等排在一起，给读者造成这是一篇原创小说的感觉。

刊物印出，张爱玲收到样刊后，自然喜出望外。为了这份情谊，张爱玲又赶紧续译毛姆一篇稍短的小说《蚂蚁和蚱蜢》，寄给沈寂。沈寂标上"W.S.毛姆作，霜庐译"，编入《春秋》1949 年第二期。

最后一面

1952 年 4 月，沈寂进入公私合营的上海电影联合制片厂。而在上海的张爱玲，经主持上海文艺工作的夏衍同志提议，作为正式代表，出席过 1950 年 7 月召开的上海第一届文代会。

亦是巧事。一日，在黄河路上开办"人间书屋"的沈寂，去对面卡尔登公寓探望朋友，刚进大楼，与正从电梯里走出来的张爱玲撞个"满怀"。

张爱玲脱口而出："谷先生吗？"她习惯称沈寂为谷先生。

"是。张小姐多年不见，你好吗？"

听这一问，张爱玲显得无精打采："还是老样子，除了动动笔头，呒啥好做的。"

他们有一搭没一搭地闲聊着。沈寂看得出，张爱玲情绪低落。正要告别，张爱玲说："对了，最近正好出版了一本小说，送你看看。"说着，转身上楼去取书。

这本书叫《十八春》。这是张爱玲第一部长篇小说。1952年至今，六十三年过去了，沈寂一直保存着这本《十八春》。这是他与张爱玲在上海最后一面的见证。这次见面后过了三四个月，沈寂听说张爱玲去了香港，不觉得惊奇，认为是顺理成章之事。

时光转到2009年，台湾著名导演李安要执导张爱玲的《色，戒》，聘请沈寂担任影片史实顾问。又听说沈寂曾与张爱玲有过交往，高兴地说："请您任顾问是请对了。"比如，张爱玲小说中的麻将戏，李安很重视，沈寂说，那时不用塑料或木质，用的是牛骨。再比如，姨太太穿着黑披风，如何走路？沈寂说，要走一字步，有一定的扭摆。

为了老朋友，沈寂又做了一回幕后英雄。

（《作家文摘》2015年总第1862期，摘自2015年7月31日《文汇报》）

逝去的帮主

·倪匡·

他和我讲话没有顾忌

今天还在网络上看到一张照片：金庸、黄霑、张彻、林燕妮、我。五个人，四个人去世了。只剩我一个了。很寂寞的，真的。我身体差到极点，但身体不好我也乐天。

我们几个都是普通老百姓。除了金庸之外，没有人可以用得上"叱咤风云"这四个字。

在《明报》两周年（1961 年）时的一个场合上，有人介绍我和金庸见面，就这样认识了。我那时还不是《明报》的专栏作者，在一家很小的报馆副刊上面写小说写杂文。一批从上海来到香港的文人经常聚会。有几次金庸也在里面，我也在人群中见过他。那时他已经很出名，小说写到《神雕侠侣》了。我非常喜欢读。

我就叫他金庸，良镛。叫金庸的时候多些，叫良镛的时候少些。他就叫我倪匡。不过有时候开玩笑会叫他"查老细"，"老细"是广东话里"老板"的意思。还有一个上海籍的朋友叫他"帮主"——江浙帮的帮主。我们一些朋友在一起开玩笑的时候多，正经的时候很少。

我讲话语速是快到极点，想都不想的，要是叫我慢下来我会口吃，就讲不来了。我跟他性子是完全不同的。不过，他跟我讲话时，我倒不觉得他慢我快。他的慢是在有些场合，讲之前要想一想，他跟我讲话没有顾忌，不用思虑，自然就快了。

我觉得报馆老板跟副刊的编辑之间好像相互不发生作用。我可以不听他的话，他也可以不听我的话。但他说得有道理的地方我会听，当我在《明报》已经写了两篇武侠小说后，金庸提醒我可以写时代背景是当代的时装武侠小说，主角会武功，性格特别一点。于是我开始写时装武侠小说，写到第三篇时，我说："加一点幻想好不好？"他说："好！"于是我在第三篇才开始写成"卫斯理"系列科幻色彩的小说，一写就是几十年。

我和金庸是不能比的，不能相提并论的。我写小说也很好看，我如果写得不好看，不可能写几十年写几百本，我也不敢妄自菲薄。区别只是好看程度和他的比差很远。他小说写得那么好，包罗万象，他是真正的大师，而且写作只是他的成就之一。

给《天龙八部》代笔

我们不喜欢争论，你保持你的见解，我保持我的见解，他写的社论里的观点，我在文章里表示反对，他也笑笑，我也笑笑。当然我们当面谈话很少涉及这些，都是在各自的文字里表达。曾经有一位政治人物去世了，他在社论里写了他不少好话，我写文章表示不同意。他任由我发表，也并不删改。

我和金庸在一起比较多聊的是武侠小说。我只不过是他关于武侠小说的朋友当中的一个，他跟我大多数时间都是在讨论武侠小说，因为我从小就看，也很懂得武侠小说，一到香港一下子看到金庸的武侠小说，惊为天人。他的伴是很多的，有切磋围棋的朋友，有研究文学的朋友，还有研究历史的朋友，方方面面的博士朋友、教授朋友。我和他是在一个很小的点上交集。

我给《天龙八部》提刀代笔这段著名的逸事，讲到现在几十年了，还有人在讲。当时按照我的推测，阿紫的眼睛是一定要瞎的，我只是提前一点而已。因为不瞎眼睛，她没法子跟游坦之谈恋爱的。游坦之戴上面具是一个怪人，摘掉面具是一个极丑陋之人，他们怎么谈恋爱？一定是阿紫眼睛瞎了，看不见游坦之面貌了，才会和他在一起。金庸把阿紫和游坦之安排在一起，上面的情节已经铺垫了很多，就是准备到后来阿紫眼睛瞎掉之后再发展下去。结果他接过我续写的部分，没有让阿紫眼睛立刻复原，就一直沿着这个发展下去，跟我的预料一样。

我本人给所有的名家都捉过刀的。我给古龙、卧龙生、诸葛青云、司马翎，都代笔过的，好玩儿死了。我捉古龙的刀，根本没有人能看得出来。我写了很多。古龙在报纸上连载《绝代双骄》，半年多没有给报馆来稿，我只好一直续下去了，写了差不多四五十万字。他稿费我照寄给他，无所谓的。等他重新出现，我已经把他笔下人物都写得死光了，小鱼儿都受重伤了，怎么收场？他一来就得去收场。

有些出版商找古龙写稿，要求很好笑，说你一旦断稿，一定要和倪匡讲好，他肯续才行。然后出版商又倒过来通知我，说现在古龙答应给我们写稿了，万一断稿，你肯不肯续？你肯我们就签约。我当然答应了，我不能坏人家买卖。

为金庸纠错

我跟金庸一起旅行过很多次。我本身非常讨厌旅行，每次他叫我，我都是"不得已而从之"。他说去哪里就去哪里。他叫什么人就什么人。我跟他相交五六十年，我主动打电话给他不超过五次，都是他找我。他请我吃过无数次饭，我请他吃饭大概也不超过五次。

有一次，我记得花了些时间考虑要不要给他打电话，结果还是没有打。那是因为我发现他写的小说里有错漏，我想，哎呀，应该告诉他。后来又想，报纸已经登出来了，错了也没法子当时改正了。他是个很严肃很认真的人，知道自己这个错处会很痛苦，等到见面时再告诉他好了，反正读者看得出来的也不多。

这个错是《倚天屠龙记》里金毛狮王谢逊与仇人成昆决战时，掉在地洞里打，忽然之间发生日食，天黑了。金毛狮王眼睛本来就瞎，他于是占便宜了。金庸写到，这一天是端午节"屠狮大会"。但所有日食都是在这个月的农历初一，这是天体运行的规律。端午节是不会有日食的。

写小说都是急就章，哪里想得了那么多。我还写到过卫斯理在南极杀掉一头白熊……报纸连载小说，这种漏洞很多，后来出书都要改过来的。

我跟古龙稍微有点小闹，但跟他根本没有闹过，他总是很严肃、很认真，对于任何事情都是如此。他买个跑车，都开得那么慢，只超电车。跑车很难驾驶，他还专程去学了高级驾驶，才能把这车开得很好。但学出来又怎么样？还是开得那么慢。

（《作家文摘》2019 年总第 2204 期，摘自《收获》2019 年第 1 期）

父亲顾也鲁与王丹凤

·顾虹·

亲眼见证她的成长过程

父亲顾也鲁与王丹凤联合主演的银幕形象，观众耳熟能详的就是 1962 年上海天马电影制片厂摄制、丁然导演的电影《女理发师》。影片的三位主演，除擅长演喜剧的韩非外，王丹凤和我的父亲都是第一次尝试演喜剧人物，由于他们的努力，影片受到了观众的喜爱，获得了很大的成功。王丹凤在《女理发师》中以夸张而自然、可信的喜剧手法，演绎了华家芳热爱生活、热爱理发工作的美好心灵，表现得情趣盎然，显示了喜剧表演的才华。父亲也因为饰演顾客"老赵"，被认可为喜剧演员。

其实《女理发师》是他俩在银幕上的第六次合作。从 1941 年至 1950 年，这十年间，他们联合主演过五部影片，并结下了长达半个多世纪的深厚友情。父亲顾也鲁年长王丹凤9岁，可以说是亲眼见证了这位风华绝代的女明星的成长过程。

"她的清纯善良留给我美好的印象"

他们的第一次合作是在1941年，在由桑弧编剧，朱石麟导演的影片《灵与肉》（又名《龙潭虎穴》）中分别饰演表哥和表妹。这也是王丹凤第一次走上银幕。当时还是亭亭玉立的十六岁少女的王玉凤，读书之余跟女演员邻居来片场观看，被朱导演"慧眼"识中，问我的父亲："演你的表妹如何？"当时父亲眼睛一亮，说："导演的眼光没错！"于是，朱石麟就将王玉凤中的"玉"改成"丹"——王丹凤！父亲曾多次提到过："和丹凤一起演戏，她的清纯善良留给我美好的印象！"

他们的第二次合作是在1943年。在屠光启导演的影片《大富之家》中，王丹凤饰演有钱人家的三小姐徐婉芳，父亲则饰演被三小姐爱上的贫苦人家出身的电力工程师包振之。这个门庭悬殊的婚姻，遭到富翁父亲的坚决反对，但最终有情人终成眷属。

他们第三次合作，又在朱石麟导演的电影《第二代》中饰演夫妻。当时，王丹凤就对我父亲说："我们合作的都是恩爱夫妻，最好能换演另一类型的人物，拓宽一下戏路。"没想到后来机会来了，1946年抗日战争胜利后，两人在杨小仲导演的《民族的火花》中，分别饰演"孤岛"时期从事地下抗日的青年学生，能通过演戏来表达自己的爱国之情，让他们欣喜不已。

1950 年，父亲与王丹凤在香港有了第五次合作，联合主演了岑范编剧、马徐维邦导演的电影《琼楼恨》。这是描写封建地主粗暴阻止自己女儿与音乐教师恋爱的故事。顾而已演地主，王丹凤演女儿，父亲演音乐教师。马徐维邦是擅长拍恐怖片的导演，他把影片拍得时而神秘曲折、阴森恐怖，时而角度优美、情意浓郁，很能抓住观众的心理，吸引观众的眼球。影片最后以琼楼毁于一旦，地主葬身火海而告终。这一回，大家都过足了戏瘾，尝试到塑造不同于以往艺术形象的快乐。

后来，父亲与王丹凤于 1951 年先后从香港回到上海，1952 年正式成为上海电影制片厂的演员，便有了他们的第六次合作——电影《女理发师》。

少有的舞台合作

值得一提的是，父亲与王丹凤在 1983 年 9 月还有一次舞台上的重要合作——

1983 年 9 月 10 日上午，应福建省政协文艺工作组、省文化局、省民盟、省台联的联合邀请，以上海市委统战部副部长、市政协副秘书长范征夫为团长，著名电影演员、民盟上海市委副秘书长王丹凤为副团长的"上海市政协文艺界赴闽学习演出团"一行十二人抵达福州，开始了为期两周的学习演出。

代表团成员中有电影演员王丹凤、顾也鲁，京剧演员童芷苓、孙正阳、黄正勤，滑稽演员周柏春、姚慕双，评弹演员杨振雄、杨振言，还有京剧乐师范文硕，京剧鼓师高明亮等。演出团在福州、厦门两地举行了十次演出活动，广受欢迎。

9月13日正逢中秋之夜，在福建前线广播电台举行的"思乡怀友座谈会"上，父亲和王丹凤表演了配乐诗朗诵《月到中秋分外明》。这是他俩少有的舞台合作。

一封未投递的信

王丹凤在香港定居后，父亲一直有去香港探望她以及其他在港艺友的愿望。1995年1月，我的父母亲去澳门探亲，可因为没有办去香港的签证，父亲只停留在澳门，没能去成香港。后来，年过八旬的父亲写了个电视剧本，又想起了这位昔日的银幕搭档王丹凤，要是再有机会合作该多好啊！1999年春，父亲以《一封未投递的信——顾也鲁致王丹凤》为标题写了篇文章发表在《上海电视》刊物上，表达了一位老人真挚的情感。直到2003年春节，父亲才终于实现了去香港故地重游的愿望。

2005年是中国电影诞生100周年。6月15日在上海国际电影节期间，上海电影评论学会在上海影城举办颁奖会。会上公布了"影响中国电影进程的二十二部影片"以及获得"上海电影杰出贡献奖"的十六人的名单。父亲顾也鲁和王丹凤的名字都荣列其中，这样，王丹凤与顾也鲁又有了一次在上海见面的机会。

2009 年 12 月 28 日，在父亲的追悼会上，有一只花圈特别醒目，上面赫然写着：王丹凤、柳和清敬挽。我一直为父亲有王丹凤这么一位真挚的艺友倍感欣慰。

（《作家文摘》2017 年总第 2063 期，摘自 2017 年 6 月 26 日文汇 APP 世间频道）

吕恩和她的朋友们

·王道·

她是《雷雨》里的繁漪，是《骆驼祥子》里的"白房子"老妓女，是《北京人》里的瑞贞，是《棠棣之花》里的聂嫈……她在吴祖光创作的《嫦娥奔月》《牛郎织女》《风雪夜归人》等剧中以及新中国成立之初的电影《红旗歌》中都有精彩演出。她一生主演过一百余部话剧、电影等作品。她叫俞晨，后来改名吕恩，是中国著名戏剧表演艺术家。江苏省常熟人。2012 年 8 月 15 日在北京去世，享年九十一岁。

吴祖光与她分手后还是朋友

当抗战日趋紧张后，家人决定离开常熟，此前曾经参加过义务救治和后方演出的吕恩只身去了重庆，她想参加演出。她报考了位于重庆江安的国立戏剧学校。

吕恩在重庆时曾与周有光、张允和夫妇相处多年，并与允和同在国立戏剧学校。《周有光百岁口述》里记述："吴祖光也是常州人，在重庆时我们两家人曾经一度合住一个大房子。吕恩跟吴祖光结婚，后来离婚。吕恩之前和张允和的弟弟张定和结过婚，那时候（他们）年轻，吵架，张定和的脾气也不好，吵架以后离婚，生一个孩子，叫张以达，非常好，是有名的作曲家。两个人离婚以后，吕恩和我们还是照样往来，跟张允和关系很好。"

从 1943 年夏到 1944 年秋，吕恩离开重庆去了成都，出演吴祖光的神话剧《牛郎织女》，此前他们就有过师生般的接触，她称他"吴先生"，后来称他"吴祖光"。1946 年 3 月，两人的婚礼在上海举行，证婚人是叶圣陶、夏衍，自此两人一起生活了六年，其间，吕恩出演了吴祖光的三个话剧和三部电影。但最终两人还是因为"生活习惯不同"分开了。

分手后，吕恩仍坦言，吴祖光的人缘很好，性格随和，朋友很多。他们没有孩子，没有财产纠纷，连争吵都没有，友好分手。对此，他们的证婚人夏衍说，他们性格不一样。只是分手后，吴祖光还记得吕恩的生日，这让吕恩很感动。但她表示，吴祖光与新凤霞是很相配的。此后，吕恩与吴家父母及吴家的兄弟姐妹一直都保持着亲密友好的关系。"文革"时，吴祖光被批判，已经与他分手多年的吕恩当时在人艺工作，单位的人问批判吴祖光她有什么事情要揭发，她说："没有什么。"

和胡蝶成了亲戚

1945 年夏，正在重庆主演《小人物狂想曲》的吕恩没想到与电影明星胡蝶有过一次交集。因为剧情需要，吕恩去向胡蝶借时尚的香港服装。她详细记录下了这件事情：

> 在一所很普通的二层楼房前我敲了门，来给我开门的正是胡蝶。她该有四十岁了。她微笑着引我到客厅，给我斟了杯茶，拿出糖果招待我……她拿出包袱里的服装帮我试穿……
>
> 新中国成立后，我在北京和她堂弟胡业祥结婚，我与胡蝶成了亲戚。

到了 20 世纪 80 年代，因儿子在美国，吕恩与丈夫胡业祥准备赴美探亲，就和胡蝶约定在美国见面。可惜胡蝶没能前来，于是吕恩在美国打电话问候胡蝶。

这一次的电话内容，吕恩全部做了录音，可惜没多久就得到消息，胡蝶去世了。此后，吕恩一直没有忽视整理胡蝶的个人史料，她记录下了胡蝶在抗战时期拒绝与日本方面合作，在被关了一年多后，坚决宣布："我虽然只是一个演员，但在这民族大难的时刻，我很清楚我应该选择的道路。"关于胡蝶后来复出影坛的情况，吕恩也都详细地整理和记录，并在接受媒体采访时为有关胡蝶私生活的不实消息进行辟谣。

那次通话，胡蝶还邀请他们在合适的时候去加拿大团聚，"我们见面话旧，陪你家姐跳个《魂断蓝桥》中的华尔兹"。

周璇与她是无话不谈的闺密

当周璇早已在上海滩红透了的时候，吕恩还没有正式出道。机缘巧合，吕恩于 1948 年到香港永华公司做演员拍《山河泪》，她发现周璇正在这里拍摄《清宫秘史》，同样的乡音让两人一见如故，吕恩称周璇为"周姊姊"，她此前曾听说过周璇的身世悲苦而传奇，但说法不一，这次周璇向吕恩坦陈："我是常熟人，家里穷苦，就托人把我抱到上海周家当了养女。如今我连父母姓什么叫什么都不知道。"从此，带着同乡同行的同情和关心，吕恩与周璇在香港相处了两年，成了无话不谈的好友、闺密。当社会上有关于周璇出身的不实报道时，吕恩就会出来为她澄清。

有一次，吕恩和周璇同回公司办事。吕恩顺手招了辆出租车，周璇马上说车费由她付。吕恩拗不过，只好听她的。上车后周璇附在吕恩耳边悄悄说："我要车子开到公司大门外的马路上停下，不开进去。"吕恩不解。周璇笑着低声说："出租车基数是两元，这条路我常坐，到公司大门外正好两元。拐个弯儿，就要多付两角。"吕恩早听说周璇节俭，圈里人称她为"犹太"（形容过于节俭），吕恩有意逗周璇："开进去吧，这两角钱我出。"这下周璇急了，忘了谈话不该让司机听见，大声喊："不许你多花这两角冤枉钱，和我一起走几步回公司。"

1949 年的春天，上海已经宣布解放，吕恩准备回去。离港前夕，吕恩到弥敦道买东西，正好碰到周璇。吕恩问她什么时候回去。周璇很伤感，说："你们有文化，回去有事做，我不识字，连剧本都看不懂。我演的这些片子，那边是不会要的……"她们一起去喝了咖啡。晚年吕恩回忆这次聚会时凄然地说："想不到我们的那次见面竟是永诀！"

演出时，舒绣文坐在台下为她壮胆

吕恩和舒绣文相识于 1943 年的四川，当时舒绣文已经声名在外，正在演出名剧《天国春秋》，但她临时有急事要赶往重庆。剧社临时决定由吕恩顶上去饰演主角洪宣娇。舒绣文热情开朗，一直积极地帮着吕恩熟悉角色。经连夜突击，到第三天正式演出时，舒绣文坐在台下为吕恩壮胆。

抗战后，舒绣文参加拍摄了《一江春水向东流》，成功扮演了主角"抗战夫人"王丽珍，轰动一时。新中国成立后，舒绣文出演了《骆驼祥子》中的虎妞、《关汉卿》中的朱帘秀、《伊索》中的克丽娅等。出演《伊索》时舒绣文已经得了重病，但她一直坚持着完成应有的情节。

1968 年秋，吕恩与舒绣文被分别送进了"牛棚"。吕恩好多天没有见到舒绣文了，有一天她看见了舒绣文，她更瘦了，不住地咳嗽，腹部隆起，鼓鼓的，像是腹水。吕恩后来直接冲到班长的面前去说明情况，舒绣文才终于得以接受治疗。但是两人在 1969 年春节前匆匆见了一面后不久，舒绣文就病逝了。

（《作家文摘》2016 年总第 1967 期，摘自《名人传记》2016 年第 8 期）

往事从来遗憾中

·李辉·

往事如此美好

从 1980 年前后开始写沈从文、聂绀弩等人，三十多年来，黄永玉写过一个又一个"比我老的老头"，有前辈，也有同龄人，可是，遗憾的是，他却没有单独写一篇"知音"汪曾祺。我曾不止一次说，很想看他写写汪曾祺，他总是不假思索地摇摇头。他说过这么一句："他在我心里的分量太重，无法下笔。"说得认真，当然，也颇为含蓄，委婉。

虽然没有单独写汪曾祺，但在回忆往事时，汪曾祺不止一次出现在黄永玉笔下，且写得生动，对其充满赞赏和钦佩。

第一次写到汪曾祺，是在 1979 年岁末完成的《太阳下的风景》。在叙述沈从文的这篇长文中，黄永玉以"他的学生"代指汪曾祺，颇为留恋地回忆两人当年在上海的交往，以及对汪曾祺文章的佩服。二十几年过去，2006 年黄永玉在《黄裳浅识》一文中，第一次集中叙述他们三人当年在上海的快乐时光：

> 那时我在上海闵行县立中学教书，汪曾祺在上海城里头致远中学教书，每到星期六我便搭公共汽车进城到致远中学找曾祺，再一起到中兴轮船公司找黄裳。看样子他是个高级职员，很有点派头，一见柜台外站着的我们两人，关了抽屉，招呼也不用打地昂然而出，和我们就走了。星期六整个下午直到晚上九十点钟，星期天的一整天，那一年多时间，黄裳的日子就是这样让我们两个糟蹋掉了。还有那活生生的钱！
>
> 几十年回忆起来，几乎如老酒一般，那段日子真是越陈越香。

往事如此美好，记忆总是难忘。

一次，黄永玉对我谈到 1953 年他离开香港，主要是听从沈从文和汪曾祺的建议。这样，当年上海"三剑客"中的两位——汪曾祺、黄永玉，生活在同一个城市，友谊的延续与加深，有了空间与时间的可能。

日子一天天过去，几十年间，投身新建设、大鸣大放、"反右""文革"、改革开放……如此复杂而变幻莫测的历史演变，成了所有人际关系发展变化的大背景。在中国，无一人能超然于外，身处文化界这一旋涡中的汪曾祺、黄永玉，尤其如此。

二十世纪五六十年代，两人往来颇为频繁。当年致信住在上海的黄裳时，黄永玉多次通报汪曾祺的近况：

> 曾祺常见面，编他的《说说唱唱》，很得喝彩。（1954年6月12日）

> 曾祺有点相忘于江湖的意思，另一方面，工作得实在好，地道的干部姿态，因为时间少，工作忙，也想写东西，甚至写过半篇关于读齐老画的文章，没有想象力，没有"曾祺"，他自己不满意，我看了也不满意，也就完了。我常去看他，纯粹地挂念他去看他，谈谈，喝喝茶抽抽烟（我抽烟了），这种时间颇短的。（1954年6月26日）

一次，黄永玉与我谈到为汪曾祺短篇小说集《羊舍的夜晚》画插图和设计封面的过程：

> "反右"后，他被下放到张家口的农业研究所。在那里有好几年，差不多半个月一个月他就来封信，需要什么就要我帮忙买好寄去。他在那里还画画，画马铃薯，要我寄纸和颜料。
>
> 他在那里还继续写小说。写了一篇《羊舍一夕》，出书时，要我帮忙设计封面和配插图。我刻了一组木刻，有一幅《王全喂马》，刻得很认真，很好。一排茅屋，月光往下照，马灯往上照，古元说我刻得像魔鬼一样。（2008年12月17日）

身影渐行渐远

从张家口回到北京，全身心投入京剧现代戏创作之后，汪曾祺与黄永玉等朋友之间的交往由密变疏，熟悉的身影渐行渐远了。在黄永玉写给黄裳的信中，可以读出其中信息：

> 汪兄这十六七年我见得不多，但实在是想念他。真是"你想念他，他不想念你，也是枉然"。他的确是富于文采的，但一个人要有点想想朋友的念头也归于修身范畴，是我这些年的心得，也颇不易。（约70年代末，7月18日）

身影渐行渐远，"文革"随即爆发，一时间，斗争此起彼伏，令所有人难以喘息。此种情形下，人性承受政治高压，昔日友谊自然很难逃脱被扭曲的厄运。汪朗（汪曾祺之子）所述，颇能帮助我们了解汪曾祺、黄永玉之间关系的演变：

> 他们俩比较生的时候，起因是"文革"，"文革"的时候黄永玉的小孩想找汪老头儿要票去看《沙家浜》，结果汪老头儿没给他找着，而且那时候好像觉得汪老头儿是很红的，怎么到现在连这点事还办不了，觉得不够朋友了。但是后来我爸说，虽然他是编剧，那个票根本不在他掌握之中。好像就是这个事情，因为在"文革"的时候黄永玉是挨批挨斗的，汪曾祺是大红大紫的，觉得为了划清界限不

够情谊。黄永玉七几年的时候画黑画挨批，画一只猫头鹰，一只眼睛开、一只眼睛闭，那是猫头鹰的特质。我爸看完了特别着急，说黄永玉挨批了，我得看一看。我妈妈那时候比较胆小怕事，我妈说你自身难保了，还管别人。如果正常情况下，他们的交往确实没有什么太大的矛盾和冲突，"文革"特殊的情况下，有一些小事把多少年的交情……

由此可见，"反右"之后，黄永玉与汪曾祺之间的友谊未受影响，但"文革"却使之产生芥蒂，留下遗憾。不过，"文革"结束后，友谊虽不复当年，但并非完全中断交往。黄永玉回忆，汪曾祺后来曾找过他两次，并送来一卷用粗麻纸写的诗。彼此之间，已觉隔膜，两人谈话也言不由衷。

不管怎样，汪曾祺在黄永玉心里始终有特殊的分量。汪朗谈到自己结婚时的一段往事：

后来我结婚的时候他们还有点联系，包括那时候黄永玉在北京饭店画画，我妈就说儿子结婚了，黄永玉名气也比较大，跟永玉要张画吧。我爸开始挺抹不开面子，好不容易打了个电话，黄永玉说行，让小老虎来吧。我小名叫小老虎，但我觉得我干吗去，我又不认识他，为了拿一幅画，就没去……他们俩都彼此认同，但是谁都不好迈出第一步恢复原来的关系。

汪朗所说不错。父辈友谊的存或废，并不像人们所猜想的那样有多么复杂、隐晦的原因，其实往往就缺少最后把纸捅破的那一点点努力。

黄永玉与汪曾祺的最后一次见面，是在 1996 年冬天。自 1989 年春天旅居香港后，这是黄永玉时隔七年后首次返京，几位热心人为欢迎他，先后举办了两次大型聚会。其中一次，由黄永玉开列名单请来许多新老朋友，其中包括汪曾祺。

那一天，我与汪曾祺同桌。他的脸色看上去比不久前显得更黑。每次聚会，他最喜饮白酒，酒过三巡，神聊兴致便愈加浓厚。但那天只有啤酒，故他喝得不多，兴致自然也不高。参加聚会的多是美术界人士，汪曾祺偶尔站起来与人寒暄几句，大多时间则是安静地坐在那里。黄永玉忙着与客人一一握手、拥抱。他走到汪曾祺面前，两人只是寒暄几句，那种场合，他们来不及叙旧，更无从深谈。后来我很后悔，那天为何没有带上相机，为他们的久别重逢，留下瞬间的影像记录？

大约半年，1997 年 5 月，汪曾祺因病去世。三个月后，同年 8 月，黄永玉位于北京通州的万荷堂修建完工，他从香港重新回到北京定居。

"要是汪曾祺还活着该多好！可以把他接到万荷堂多住几天，他一定很开心！"一次黄永玉对我说。说完，他深深叹一口气。

往事从来遗憾中。

前辈之间纷纷扰扰的芥蒂、误会、疏远，且让它们如云烟消散而去。往事的美好，才值得珍惜，才值得追寻与回味。

（《作家文摘》2014 年总第 1700 期，摘自 2013 年 12 月 24 日《南方都市报》）

大妹资华筠

·资中筠·

个性大胆而执着

我作为"独生女"一直到六岁，总是羡慕别人家兄弟姐妹成群，终于有了一个妹妹，十分高兴。大妹生于家里开始兴旺之时，当时正好外婆也在，她的出生平添许多热闹。

她从小精力充沛，到两三岁时就特别淘气，跑得飞快。看她的保姆一不小心就被她逃脱，在后面拼命追。母亲对她的顽皮也很头痛，所以随着她的长大，精力主要花在管教她，对我就放松了。这令我很高兴。由于年龄差距大，妹妹不能成为我的玩伴。到我上中学时，她开始上小学，我和同学在一起时，她总要跟进来同我们一起玩，我们就设法甩掉她。有一次不知谁竟然出了一个损招，让她进来，给她讲鬼故事，绘声绘色，想把她吓跑，谁知她越紧张越爱听，更加缠着我们接着讲。诸如此类，也可见她的个性，大胆而执着。

华筠能歌善舞，从幼儿园就表现出众，凡有表演，她总是主角，长得也漂亮，在亲友中人见人爱，总要让她表演一个，她也不认生，不怯场。上小学时，母亲开始让她随我的钢琴老师刘金定学琴。刘先生也十分喜欢她，凡有活动总是带着她，后来刘先生发现她举手投足有舞蹈天赋，就说服我母亲，送她到一位白俄老太太那里学芭蕾。我去参观过一次她们的练功课，孩子年龄不等，最大的可能已是高中生了，华筠也不是最小的。她在那里进步很快，不久就成为佼佼者，还上台表演过，留下一张"天鹅之死"的剧照。

决心报考舞蹈班

她中学上的南开，那时我已到北京上大学。只听母亲说，她成绩总是名列前茅，不必为她的学习操心，而且与我不同的是，她体育特别好，是田径健将，在全市中学生运动会得过跳远冠军。1950 年她初中毕业，适逢中央戏剧学院招生，忽然决心要报考舞蹈班。

中国传统中，演艺人员总体的社会地位是不高的，我母亲心中不情愿，她当然不会赞成女儿书读得好好的，到初中毕业就辍学，我家亲戚中还无此先例。父亲当时正满腔热情拥抱新社会，在家中是思想最"进步"的，完全支持华筠的决定。在此情况下，母亲当然不能再坚持反对。我对此也不反对，而我的理由是从兴趣出发，我认为把"好玩儿"和职业联系在一起是乐趣无穷，十分幸福的事。后来华筠对我把舞蹈说成"好玩儿"一直很有意见，因为其实是很苦的，甚至是真正的"痛苦"，有时练得连穿衣、刷牙都抬不起手，所以舞蹈有"残酷的艺术"之说。

就这样，资华筠日后成了舞蹈家，不过没有跳芭蕾，而选了民族舞蹈。她本来可以在舞台上更放光彩，但是正当她崭露头角，开始担任独舞演员，成为冉冉上升的明星时，却遭遇"文革"，被赶下舞台。那年她二十八岁，正当黄金年龄。

从初中生到博导

改革开放以后，落实政策，她命运陡转，先成了政协委员，从第五届一直连任到第十届。在恢复练功后，再作冯妇，演出了几场，不过时间不长。她另辟蹊径，写散文，出了几个集子，又转入学术研究，在与舞蹈有关的理论上别有建树。这个我完全不懂，只知她任艺术研究院舞蹈研究所所长，发表了许多学术论文，成为博导，带了许多博士生。报刊有一篇报道介绍她，标题就是"从初中生到博导"。

她进入了改革开放后最早的一届政协，那正是在大批"文革"受迫害的人得到平反的大潮中。她每天收到无数诉说冤情的信件以及通过熟人辗转申诉的要求。那一个时期，她为人申诉没少写信、找"关系"，详情我不得而知，至少有一部分是成功的，因而获"大侠"之名，多年后还有人登门向她表示感激之情。

她的生活轨迹在我家是独树一帜。除了"文革"的冲击外，在艰苦岁月中，相对来说生活比较滋润，妹夫对她服务周到，而且有钻研烹饪的爱好，烧得一手好菜，满足她美食的享受。她身在演艺界，衣着可以比一般人华美入时。她的舞台生涯被人为地缩短，但通过自己努力转型写作和学术研究，获得意想不到的成功，在她们这一界可算是独家。她本来是身体最健壮，精力最充沛的，但是不幸得了白血病。最后十年在与疾病作斗争中度过。在接受治疗的同时，她不把自己当病人看待，工作与活动如常，只不过节奏放慢。每年仍然会有几次国内外出差，继续带博士生，当评委等。她最后一名博士生来自新疆，那时她已因病停止收学生，但拗不过当地领导一再要求她"为支持民族文化做出贡献"而接受，直到去世前不久，才审读完最后一个博士生的论文。

2013年我以偶然的机会在中央音乐学院与一位拉提琴的小朋友举办了一次演奏会，华筠当时身体已比较弱，我犹豫是否请她参加，但是她坚持来了。那次还与隔绝多年的儿时玩伴、后来是钢琴教授的黄家姐妹重聚首，并共进晚餐，一起话当年。此情此景恍如昨日，又如隔世。当时绝没有想到转年华筠就去世了。书至此，想起袁枚《祭妹文》中句："虽年光倒流，儿时可再，而亦无与为证印者矣！"

（《作家文摘》2019年总第2289期，摘自《随笔》2019年第6期）

朱旭与英若诚

· 宋凤仪 ·

"英大学问"

学者型的英若诚，毕业于清华大学外国文学系。他出身满族的名门世家，从小就受到中国传统文化的熏陶，可是等到他该上学读书了，家里又把他送到外国人办的教会学校去接受洋教育，他个人的爱好、审美观点、生活习惯等都是中西参半的融合体。在他家里大客厅的墙上不仅挂着一幅大尺寸的画着他夫人遗像的油画，也挂着黄永玉、胡絜青画的中国画。他喜欢喝咖啡，也爱喝二锅头，他的客厅里摆着西式沙发，也摆着明清时期黄花梨的太师圈椅。

在大学读书的时候，他的英语水平超过同班同学。因为从小学的教会学校开始，他就和外国孩子打成一片，外国孩子嘴里的土话，甚至带脏字骂人的话都让他不经意地学到了，这对他后来的翻译工作获益匪浅。美国一位有名的独角戏演员华夫曼应邀到中国演出，他的演出台词多是美国的土话，等于中国的单口相声，很难翻译，中国观众看后觉得索然无味，因为听不懂什么意思。第二场演出就换了英若诚当翻译，气氛热烈，华夫曼十分满意。

英若诚知识渊博，古今中外天文地理他都能引经据典，查实论证，很难问倒他。他还有谈话的技巧，本来平平常常的一件事，由他嘴里讲出来就会变得精彩，引人入胜。于是大家给他起了个雅号"英大学问"。

"英大学问"能演戏，能导演戏，能翻译戏，包括到国外演出和文化交流工作，哪一项他都做得很拿手。

灵犀相通

英若诚很好客，每当节假日或是没有演出的日子，他家里准是宾朋满座，谈笑风生，饮酒、喝茶、打桥牌、谈文学、谈演出……他喜欢打桥牌，而且打得很精明，他愿意和朱旭做一方。他们两人合作得顺手，好像心有灵犀一点通似的。

三年困难的时候，除了粮油少缺，市场上也缺烟少酒，爱喝酒的人一筹莫展，怎么办？到底是"英大学问"点子多，他邀朱旭到他家去，要做一个有趣的实验，让朱旭过把酒瘾。朱旭兴高采烈地应邀而至，以为他学会了酿酒呢！其实不是，是他想出了一个馊主意：用少许酒精兑上大量的白水。我（朱旭夫人）知道后很生气，立刻给他打了一个电话："老英，干什么呢？你又瞎出什么主意，喝什么酒精？"

"谁这么夸张？没人喝酒精，只不过做个实验，好玩而已。"

1981 年开始，英若诚翻译外国剧本《请君入瓮》，兼做排练现场的翻译，沟通导演和演员的交流。朱旭扮演路奇欧。

1988 年和美国进行文化交流，排演了《哗变》，由英若诚翻译剧本并做现场翻译。朱旭在剧中扮演魁格舰长。

1991 年由北京艺术文化交流中心和北京人艺联合演出《芭巴拉少校》，英若诚任导演，朱旭扮演主要角色安德谢夫。

这几个戏，他们俩是灵犀相通的合作，导演和演员之间都能吃透对方的创造意图。在艺术上他们有着共同语言，知己知彼，合作得很默契。英若诚说："朱旭的创造有自己的特点，内涵丰富、幽默，这是别的演员所没有的。他对角色的理解、剧本的认识是准确的，有理解和体现的能力。我喜欢这样的演员。"

英若诚被提调到文化部做副部长的这个阶段，他的工作很繁忙，但是只要有一点空闲，他就邀请朱旭到家里，一如既往、一吐为快地倾心而谈，直到一醉方休。

最后的签名

人生苦短，日子就像湍急的流水，不知不觉几年过去了，英若诚的健康每况愈下，经常出现肝昏迷。一天，他从医院打来电话，朱旭刚巧去散步，我接的电话，他问我："昨天是不是有个美国中年妇女到你们家找朱旭？"我很奇怪，说："没有啊！"

朱旭回来后我告诉他这件事，他显得很不安。第二天一大早，朱旭就嚷嚷着要到医院去看他。进到病房看见他坐在椅子上正输液。看见朱旭他高兴地说："我想你该来了。这两天不好，常昏迷，还给你打电话来着。"

朱旭有点揪心地看着他："是，我听说了。"

显而易见英若诚想证明一下是不是在昏迷中打过电话，他追问："美国女人去你们家，有没有这回事？"

"没有。"

他自己有点担心地说："哦！……那是我又出现幻觉了。"

我们在场人的心情都和他一样，紧了一下，英若诚很快地就感觉到，他笑着用诙谐的口吻问护士："我昏迷这么多天没说反动的话吗？"

护士笑了，说："没有。"

"要有可赶快揭发呀！"

大家都笑了，是一个会心的笑。谁都明白，他不愿意让大家心情沉重。忽然他好像想起了什么似的要给朱旭写几个字。他拿起一张较厚的纸，右手无力地紧握着笔，好像一时想不起来写什么，勉强写下朱旭两个字。他笑着对朱旭说："给你签个名，你看还行？"又冲朱旭甩了甩手说，"没劲儿，拿不动笔了。"

"行，挺好，我保存起来。"

这次看望他大约过了一周后，博学多艺的"英大学问"就和我们永远告别了。

（《作家文摘》2018 年总第 2108 期，摘自《老爷子朱旭》，宋凤仪著，中国青年出版社 2017 年 10 月出版）

听倪匡蔡澜聊天

·张嘉·

金庸、倪匡、黄霑和蔡澜，被称为"香港四大才子"。如今，黄霑早已作古，九十二岁的金庸和八十一岁的倪匡也鲜少露面，只有七十四岁的蔡澜仍活跃着。2016 年 7 月 2 日，当蔡澜拉出倪匡一起做直播节目时，立刻引来众多粉丝，观看数量突破百万。

吵架是有所求

倪匡绝对是香港的一位传奇人物，自学成才成为作家，涉猎小说包括侦探、科幻、神怪、武侠、言情各种，也曾在金庸出国期间代写《天龙八部》连载，由于他不喜欢阿紫，就把阿紫的眼睛写瞎了。金庸曾赞倪匡说："无穷的宇宙，无尽的时空，无限的可能，与无常的人生之间的永恒矛盾，从这颗脑袋中编织出来。"倪匡还写了将近三百个剧本，据说他写作速度每小时可达三千字，而且从不涂改、从不回看，曾同时为十二家报纸写连载。倪匡曾撰写对联"屡替张彻编剧本，曾代金庸写小说"，说的是自己平生最得意的两件事。

而蔡澜，金庸的评价是："蔡澜见识广博，琴棋书画、酒色财气、吃喝嫖赌、文学电影，什么都懂。"

两位年龄加起来一百五十五岁的老人如何会想到做直播节目，蔡澜笑说因为两人都是"贪玩的人"，对节目内容，蔡澜定位是："不谈政治、不说宗教，酒逢知己，风花雪月。"直播当日，两位老人妙语连珠，嘻嘻哈哈之间让听者大为过瘾。

蔡澜评价倪匡是"天下最古灵精怪的人。也许是，外星人"。而倪匡的古灵精怪，从他的回答上就可看出。

有人问："找不到女朋友怎么办？"

倪匡回答说："没关系，让女朋友来找你。你条件好了一定会有女孩子来找你的。"

有人问："高考失败了怎么办？"

倪匡说："我一个高中没念完的人，你问我高考失败了怎么办，失败了写小说啊！有很多事情可以做的，最多学一年，明年再来过。"

有人问："怎么看待没有永远的朋友，只有永远的利益？"

倪匡说他与蔡澜相识超过五十年了，跟"永远"也差不多。蔡澜笑说两人有生之年应该不会吵架，不会翻脸了。倪匡立刻说："到这个年纪我还跟人吵架啊？吵架是有所求，我还有什么所求？求棺材好一点啊？求葬礼热闹些吗？我现在就跟着自己的兴趣，只看自己喜欢的书。"

蔡澜评价说他和倪匡有很多共同点，例如"看东西好不好吃，书好不好看，人好不好玩"。

亦舒看到倪匡抽烟曾吓得哇哇大哭

蔡澜曾在文章里讲过四十多年前他们去古龙家聊天的故事，当时三毛也在。"三毛穿着露肩的衣服，雪白的肌肤，看得倪匡和古龙都忍不住偷偷地跑到她的身后，一二三，两人一齐在她左右肩各咬一口。可爱的三毛并不生气，还哈哈大笑。"

如今古龙和三毛都已不在，直播时，网友自然要听两位聊聊老朋友。

蔡澜说："第一次见到三毛，觉得她不算是漂亮。"

倪匡说："她不算是漂亮，是很有味道的那种。"

蔡澜说："她很白。我记得你看到她的手臂那么白，就想去拿来咬一口。"

倪匡哈哈大笑："大家别相信他，他胡说八道。"

倪匡喜欢结交朋友，他与朋友的趣事更是说不尽。倪匡与古龙相识于 1976 年，秉性相投的他们结为莫逆之交，古龙去世时才四十八岁，倪匡一直深感可惜，他曾说自己一生当中写过最好的文章就是古龙的讣文："只有三百来字，很多人看了之后，争着要我为他们写讣文。"他还曾经向蔡澜等朋友描述过古龙死后的怪事："古龙那么爱喝酒，我就买了四十八瓶 XO 给古龙陪葬，塞进棺材里。我们说古龙那么爱喝酒，不如就陪他喝吧，结果把那几十瓶酒都开了，每瓶喝它几口，忽然……忽然古龙从嘴里喷出了几口很大口的鲜血来！三毛和我都说他还活着，结果殡仪馆叫医生来，医生也证明是死了，殡仪馆的人好歹把棺木盖上。"倪匡说，"古龙很好玩，是一个很有趣的人，也是个悲剧人物。不过不要紧，只要他自己过得快乐就行。"

问及倪匡是否会看妹妹亦舒的文章，倪匡说每本小说都会看，他还透露，自从 1992 年母亲过世，他与亦舒已经二十四年没见了："她五十岁那年给我打了个电话，说'哎呀我五十岁了'，我说'我六十多了'。一晃就二十年。她十二岁的时候，看见我在抽烟。她觉得人不能抽烟，抽烟是坏习惯，看到哥哥抽烟，在马路上吓得哇哇大哭。"

很简单，所以活这么久

由于倪匡很久未露面，大家很关心老先生近况，倪匡透露自己已经很多年不写书了："写作配额都用光了。"写作有配额，可是在倪匡看来，谈恋爱却是没配额的，所以有人问他谈几段恋爱比较合适，倪匡说："有得谈就去谈啦，不要放过。恋爱又没有配额。"问他恋爱可以将就吗？倪匡说："恋爱有将就的吗？有将就那就不是爱情，那叫买卖。"

至于如何提升自己，倪匡的建议是看书。他说就算是做乞丐，读书的也好过不读书的。"中国古典名著一定要读。不喜欢，读慢点也要看。"倪匡还说自己不久前眼睛有点问题，看书模糊，他很害怕，觉得如果看不了书，人生还有什么意义？听蔡澜夸自己是看书多的香港人，倪匡谦虚地说："我没有查先生（金庸）看书多。"

说起生活方式，倪匡说："抽烟喝酒不运动指的就是我，现在我抽烟的配额用完了，喝酒的配额用完了，就运动的配额没用完。"话虽这么说，倪匡对养生并不在意。"只要味道好，胆固醇有什么关系。我年轻时就爱吃肥肉。"倪匡总结，"很简单，所以活这么久。"

（《作家文摘》2016年总第1953期，摘自2016年7月5日《北京青年报》）

天上的星星一点是黄霑

·何冀平·

这些年靠写字为生，已经很少是情之所至。

那年，黄霑为巴塞罗那奥运会做解说，竞走世界冠军陈跃玲夺冠的戏剧性一幕激励了他，他想写电影，找我做编剧。他在湾仔的那层小楼，又是办公又是家，零乱得难以下足，堆得四处都是稿件，他作词、作曲、写电影、演戏、写专栏……我不解，一个人怎么能做那么多事？他给我看一面小镜子，说，他可以一面写稿，一面对着镜子看身后的电视，同时给电影配曲。我听傻了。

我叫他霑叔，他不受，他说，什么都别加，就叫我黄霑。

我写舞台剧，写《德龄与慈禧》一剧结尾时，突然想要"清平调"，便想起找黄霑。他问我，是不是李白"云想衣裳花想容"那首，当晚工工整整地用毛笔誊了，传给我，下款是"黄霑鞠躬"。

香港是这样，各有各忙，有事打电话，相会犹如昨日。

《德龄与慈禧》演出了，我请他来看戏，戏开场了，看见他的位子还空着。中场休息，他突然不知从哪儿摇摇摆摆、大大落落地奔过来，兴奋地一把抱住我，说有事来晚了一步，站在后面看了半场。演出之后，我才看见文化中心的剧场大堂里放着他送的花枝招展的大花篮，还吊着一个飘舞的心形大气球。

此后，凡我的戏上演，他必来看，也必送大花篮，七彩招摇。有的戏他赞不绝口，有的直说不喜欢，看了《天下第一楼》，他说，太悲情了。不管他说什么，只要他在剧场里，台上台下都能听到他那大得有点儿"放肆"的笑声。听见他的笑声，台上的演员，台下的我，都觉着特别踏实。

去年，电视剧《天下第一楼》拍完了，找不到适合的人作主题曲，我想到他。我一开口，他就答应了。歌曲要得很急，没一个星期，他已经出了旋律，拉着我说得兴起，闯进"大家乐"边说边喝了两大杯奶茶，引得周围人都笑唤"霑叔"。又到他干德道的杂乱住所，他弹钢琴，让我坐在一边，边弹边填词，为一句词，改了又改。

惠敏在一边送茶送水，让他吃药。惠敏是天下少有的好妻子，黄霑余生有她相伴，绝对是福气。他很爱惠敏，时常听他说："我太太真好……"

在钢琴边坐了一个下午，歌词写得差不多了。我临走，他说，四十年没这样写过歌。

歌曲因种种原因没用上，我当时在北京，简直不知道怎么和他解释。他远在千里，却心如明镜，如在眼前，豁达地来了一纸传真："词和曲就送给紫禁城（制作方）的诸君了。"后来，歌的第一句还是他的："民以食为天……"

我过意不去，他反倒来安慰我："没关系，改改，我还能用在别处呢！"

《天下第一楼》到欧洲演出，他曾要介绍一位牛津大学语言学家做英文翻译，但我们九月通话后，我离港三个月，刚回来三天，就……是我的错！

这世界上，政治家可以接替，科学家可以培养，但才华横溢的作家走了，就再没有第二个。黄金易得，知音难求。我再也接不到那样的电话，再也听不到剧场里那让我踏实的笑声，再也看不到落日余晖中，有些落寞的另一个黄霑……笑声在耳，墨迹犹新。

我听得见天堂的乐声，天庭用华彩迎他，他大摇大摆地去了。黄霑，我改你一句词："天上的点点星光，一点是黄霑……"

（《作家文摘》2014 年总第 1795 期）

忆高仓健: 士之德操

·张艺谋口述，魏子君文·

拍《千里走单骑》是我欠高仓健先生的一个情谊，因为我答应跟他合作一次，老先生默默地、耐心地等待，我没有脸见他了，必须马上拍一部，还好有一个剧本。

他是我年轻时候的偶像，是我一辈子敬重的一个人。他对人是非常非常真诚的。日本人认为他是一个神，在云端，我在他身上看到那种"士"的精神，那种古典，就是让你吸一口气就会起鸡皮疙瘩的感受，真的不是装的。

我拍了二十多年电影，不长也不短。任何一个演员，我们都让他先结束，"你结束了，你今天工作杀青了，你可以先回酒店了，我们可能还要再拍一拍，还有其他镜头"，这很正常，演员高高兴兴走了，应该让他们先回去休息。

我在云南这样跟高仓健说："下午六点左右，您先回去。"

到了九点要收工时，副导演慌慌张张过来跟我说："导演，高仓健没走！"

"为什么没回去？出事了？"

"他说导演和全体人员都在这儿工作，他不能走。我说让他来这儿休息一下，这儿有水有椅子，他说怕打搅我们。他一直在山地拐角下站着，默默看你工作，站了三个小时，不打搅。"

我们全队上汽车走时，老爷子向我们远远鞠躬，他不过来，鞠完躬就走了，七十多岁，站三个小时——工作一天了，让他先回去，算什么？全世界演员都觉得天经地义，他觉得我不可以，因为导演还在工作，工作人员还在工作。好多这样的小事情，都不是装的，心就是这样，这就是"士"。

还有中井贵一，是他的弟子，高仓健只要在东京，只要出远门，不管哪一天的航班，白天的晚上的，当他到达机场的时候，中井总是远远给他鞠一躬，不过来，不打搅，远远地送他。高仓健对我也是这样，我每次去日本，每次赶飞机，他会在地库，看你车走，远远给你鞠躬。你吓一跳，老爷子什么时候来的？已经来了一个多小时，他也怕人家认出他，站在地库，一堆车后面，远远地送你。

拍《千里走单骑》时，我让一个民工小徐给老爷子打伞，他说不要，我说不是照顾他，是怕紫外线晒了，跟戏不接。打了三天伞，老爷子把手表摘下来给小徐。值钱就不说了，都是好多万的表，值钱都是次要的，他就觉得我不知道怎么样感谢这样一个农民为我打伞，他说"你辛苦了"。小徐现在还珍藏着，舍不得戴。有很多小事情，所谓"滴水之恩当涌泉相报"，所谓"士为知己者亡"，我们在文学上描写的"士"的情怀全在他身上体现。

他在奥运会开幕前，专门给我送来一把刀，他们说这把刀跟北京的房子一样贵，从锻造到制作全部是日本国宝级的工匠，用了一年时间锻造，然后悄悄一个人买了机票，不告诉我，一下就到了北京，到了我们的开幕式工作中心，给我送来。回去以后，东京下大雪，驱车几个小时到郊区一个寺庙为我祈愿。翻译跟我讲，寺庙那天清场，只为我做道场，老和尚带一群和尚，高仓健一个人站在那里，整个大殿的和尚都在那儿念，大殿内拴着几万个铃铛，风一吹，哗哗响，整个环境特肃穆，一个半小时的祈愿，来回开了七八个小时的车。为我祈愿，天佑中华，祈愿开幕式成功。

还有一次，我们俩坐在一个大堂酒吧，远处一百米以外是大堂，人来人往，但是这个酒吧人很少，他看不见，我能看见，我跟他在这儿坐了一个多小时，大堂人来人往，日本人突然认出他来了，走到酒吧门口，因为离这儿有四五十米，深深鞠一躬就走了，也不惊动，也不过来，就这样来来回回四五十人给他深深鞠躬后，悄悄地走了。

有一个导演给他拍纪录片。那个导演礼拜天在家抱孩子，突然一拿电话，听那头说"我是高仓健"，吓得差点把孩子掉了。放下电话眼泪哗哗的，第二天早上，他只是一遍一遍跟我说高仓健给我打电话。很多细节可以发现，他就是一个高不可攀的国宝，日本民族精神的代表。因为他跟我走得近，或者对中国电影很支持，经常遭到批评。他六十年都没有走红地毯，他从来不走红地毯，因为我去东京电影节，他陪我走红地毯。所以日本媒体就说"你在日本都不走本国的红地毯，为什么对中国电影这么支持"，他不管。这个人其实很爱中国。从骨子里爱中国。

我们讨论剧本的时候，尤其是古装电影，我们谈一些人物取向的时候，我常常讲高仓健的一些小例子，我说这就是"士"的情怀，默默为你奉献，默默承受，不让你知道。

（注：2009年访问张艺谋时，谈到高仓健，本来表情平静的张导演真诚感动地讲了一刻钟高仓健的故事。后来发表时，因为与主题无关删去。今日得知高仓健先生过世，翻找原文，观完甚为震动，高仓健留给世人的，除了银幕硬汉的形象，还有集孝、义、礼于一身的个人修养，或者，这就是张艺谋所反复强调的"士"吧！）

（《作家文摘》2014年总第1786期，摘自2014年11月19日新浪网）

王小波，晚上能来喝酒吗

·刘心武·

什么是友情？友情的最浅白的定义是"谈得来"。人生苦短，得一"谈伴"甚难。但人生的苦寻中，觅得"谈伴"的快乐，是无法形容的。

"谈伴"的出现，又往往是偶然的。

记得那是 1996 年初秋，我懒懒地散步于安定门外蒋宅口一带，发现街边一家私营小书店，有一搭没一搭地迈进去，店面很窄，陈列的书不多，不过终于发现有一格塞着些文学书，其中有一本是《黄金时代》。"又是教人如何'日进斗金'的'发财经'吧？怎么搁在了这里？"顺手抽出，随便一翻，才知确是小说，作者署名王小波。

我试着读了一页，呀，竟欲罢不能，就那么着，站在书架前，一口气把它读完。我无法评论，只觉得心灵受到冲击。也不是完全没听说过王小波。我模模糊糊地知道，王小波是一个

"写小说的业余作者"。真没想到这位"业余作者"的小说《黄金时代》如此"专业"！

那天晚饭后，忽来兴致，打了一圈电话，接电话的人都很惊讶，因为我的主题是："你能告诉我联系王小波的电话号码吗？"广种薄收的结果是，其中一位告诉了我一个号码："不过我从没打过，你试试吧！"

我迫不及待地拨了那个得来不易的电话号码。那边是一个懒懒的声音："谁啊？"我报上姓名。那边依然懒懒的："嗯。"

我直截了当地说："我看了《黄金时代》，想认识你，跟你聊聊。"他居然还是懒洋洋的："好吧。"语气虽然出乎我的意料，传递过来的信息却令我欣慰。

我就问他第二天下午有没有时间，他说有，我就告诉他我住在哪里，下午三点半希望他来。第二天下午他基本准时到了我家。坦白地说，乍见到他，把我吓了一跳。我没想到他那么高，我们都站着，我得仰头跟他说话。

请他坐到沙发上后，我面对着他，不客气地说，觉得他丑，而且丑相中还带有些凶样。可是一开始对话，我就越来越感受到他的丰富多彩。开头，觉得他憨厚，再一会儿，感受到他的睿智，两杯茶过后，竟觉得他越看越顺眼。

我注意到他手里一直拎着一个最简陋的薄薄的透明塑料袋，里面正是一本《黄金时代》。我问："是带给我的吗？"他就掏出来递给我，我一翻："怎么，都不给我签上名？"我找来笔递过去，他也就在扉页上给我签了名。我拍着那书告诉他：

113

"你写得实在好。不可以这样好！你让我嫉妒！"

从表情上看，他很重视我的嫉妒。

我已经不记得随后又聊了些什么。只记得渐渐地，从我说得多，到他说得多。我俩确实投机。我真的有个新"谈伴"了。眼见天色转暗，到吃饭的时候了，我邀他到楼下附近一家小餐馆吃饭。记得我和王小波选了里头一张靠犄角的餐桌，我们面对面坐下，一边乱侃一边对酌起来。我不知道王小波为什么能跟我聊得那么欢。我们之间的差异实在太大。

那一年我五十四岁，他比我小十岁。我自己也很惊异，我跟他哪儿来那么多的"共同语言"？"共同语言"之所以要打引号，是因为就交谈的实质而言，我们双方多半是在陈述并不共同的想法。但我们双方偏都听得进对方的"不和谐音"，甚至还越听越感觉兴趣盎然。我们并没有多少争论。他的语速，近乎慢条斯理，但语言链却非常坚韧。他的幽默全是软的冷的，我忍不住笑，他不笑，但面容会变得格外温和，我心中暗想，乍见他时所感受到的那份凶猛，怎么竟被交谈化解为蔼然可亲了呢？

那一晚，我们喝得吃得忘记了时间，也忘记了地点。微醺中，我忽然发现熟悉的厨师站到我身边，弯下腰望我。我才惊醒过来——再环顾周围，其他顾客早无踪影，我酒醒了一半，立刻道歉、付账，王小波也就站起来。

出了餐厅，夜风吹到身上，凉意沁人。我望望王小波，问他："你穿得够吗？你还赶得上末班车吗？"他淡淡地说："这太不是问题了。我流浪惯了。"我又问："我们还能一起喝酒吗？

如果我再给你打电话？"他点头："那当然。"我们也没有握手，他就转身离去了，步伐很慢，像是在享受秋凉。

王小波回国后先后在北京大学和中国人民大学任教，但是到头来他毅然辞去教职，选择了自由写作。那时候王小波发表作品已经不甚困难，但靠写作生存，显然仍会拮据。我说反正你有李银河为后盾，他说他也还有别的谋生手段，他有开载重车的驾照，必要的时候他可以上路挣钱。

1997 年初春，大约下午两点，我照例打电话约王小波："晚上能来喝酒吗？"他回答说："不行了，中午老同学聚会，喝高了，现在头还在疼，晚上没法儿跟你喝了。"我没太在意，嘱咐了一句"你还是注意别喝高了好"也就算了。大约一周后，忽然接到一个电话，声音很生，自称是"王小波的哥们儿"，直截了当地告诉我："王小波去世了。"我本能的反应是："玩笑可不能这样开呀！"

但那竟是事实。李银河去英国后，王小波一个人住。他去世那夜，有邻居听见他在屋里大喊了一声。总之，当人们打开他的房门以后，发现他已经僵硬。医学鉴定他是猝死于心肌梗死。为他操办后事的"哥们儿"发现，在王小波电话机旁遗留下的号码本里，记录着我的名字和号码，所以他们打来电话："没想到小波跟您走得这么近。"

骤然失去王小波这样一个"谈伴"，我的悲痛难以用语言表达。生前，王小波只相当于五塔寺，冷寂无声。死后，他却仿佛成了碧云寺，热闹非凡。

面对着我在五塔寺的水彩写生，那银杏树里仿佛浮现出王小波的面容，我忍不住轻轻召唤：王小波，晚上能来喝酒吗？

（《作家文摘》2016年总第1911期，摘自《人生，何以至此》，刘心武著，广西师范大学出版社2016年1月出版）

第二章

相思千万绪

在于凤至身边的日子

·孟芳琳·

尽管过去了将近三十年，但有一幅暗淡的画面却始终定格在我的脑海里：疏星点点的深夜，在美国洛杉矶好莱坞山上，一幢平层别墅里，我搀扶着下肢几近瘫痪的老太太去了厕所。回到床上，老太太再也睡不着，倚靠着床头，失神的目光蒙着一层白翳，空洞地注视着窗外无边的黑夜。

我知道，她已经这样眺望了快五十年。她就是于凤至。

面　试

1987 年 9 月中旬，我辞去上海财贸干部管理学院的教职，只身一人到美国洛杉矶的加州大学攻读计算机专业硕士学位。刚下飞机的时候，口袋里只揣着当时外汇管制允许兑换的四十七美元。

因为白天要上课，所以我必须尽快找到既能在夜间上班又能提供食宿的工作。翻遍当地华文报纸《世界日报》，总算在角落里发现一则招聘启事：好莱坞山华裔老人急征管家，夜间护理，提供食宿，月薪六百美元。

第二天一早，我便迫不及待地请朋友送我去面试。车到山顶，停在一幢乳白色的平层别墅前，门牌是：雷克瑞治路2904号。

开门的是一位叫郑太太的中年妇女，她领我进了餐厅。餐桌旁的轮椅里坐着一位头发雪白的老太太，皮肤白皙，形体消瘦，约莫八十岁，有白内障的眼神显得有点儿茫然，但精神不错，紧闭的嘴唇透露着几分威严。

她看着我发问，一口纯正的东北口音："你是从中国大陆来的？"

"是的，从上海来的。"

"那你知道我是谁吗？"

我怎会知道她是谁呢？便摇摇头。

"我是张太太！"

张太太是谁？我更晕，只好小心翼翼地问："请问您是哪位张太太？"

"这你都不知道？"她有些不快，"张学良，你知道不？"

哇！我恍然大悟，连忙说："张学良将军？当然知道。那您老就是，于——凤——至？"

她这才满意地点点头。后来我知道，她十分在意"张太太"

这个称呼，即使 1963 年与张学良离婚后，她仍然坚持要别人称她为"张太太"。

接下来的面试就容易些了。老太太再发问："你读过大学吗？"

"上海复旦大学。"

老太太略一沉吟，又说："复旦大学？没怎么听说过。"原来 20 世纪二三十年代的复旦确实名气不大，它的蜕变是 1952 年院校调整之后的事。

她看看我的窘相，用手指指自己的胸口说："我可是读了东北大学文法科的。"

我苦笑一声，心里想："那是自然的，东北大学不就是你老公创办的吗？"

"大学不怎么的。那么英文懂吗？剑桥大学怎么说？牛津大学怎么说？写下来。"

当我把写着"University of Cambridge"和"University of Oxford"的字片送到她面前，她端详着，嘴角露出笑容，说："你被录取了！"

悲　情

跟老太太卧室相通的一个小房间就是我的卧室，只要老太太床头的铃声一响，我就必须立刻起身，搀扶她或是上厕所，或是擦身，或是喝水。老太太晚上睡不着觉，我白天上课再累，这时也只好强打精神坐在床边陪她聊天。老太太最喜欢听我说大陆的老百姓至今还牢记张将军，牢记张夫人。说到"西安事变"，她笑了，话匣子打开了。

于凤至，字翔舟，父亲于光斗早年开烧酒作坊，发迹后富甲一方，任吉林怀德县商会会长，曾经慷慨资助过被官兵追杀的草寇张作霖。张作霖入主奉天以后，向于光斗面谢，在于府中见到美丽贤淑的长女于凤至，占了卦帖，说有"凤命"，便力主为张学良定下终身。两人于1916年完婚，其时，张学良只有十五岁，于凤至年长他三岁。张学良参与父亲的军机大事，四处征战，她以长媳身份留守大帅府，协调张作霖几个夫人之间的关系，处理内务。待到1928年6月，张作霖在皇姑屯被炸死，她毅然挺身而出，与五夫人一道隐忍悲痛，秘不发丧，巧与日本特务头子土肥原贤二周旋，使张学良得以秘密潜回沈阳奔丧，并于无声中完成东北军政大权的移交。之后，她又全力支持张学良"易帜"，实现中国统一。换言之，张学良在中国近代史上第一个伟大的建树，即顺利完成东北易帜，结束最黑暗的北洋政府和军阀混战时代，于凤至是功不可没的。

但是，这个世界在男人眼里，也许都是权势和金钱，而在女人眼里，只有一个字：情。从老太太的讲述中，我能感受到她所做的一切，都只是为了跟张学良这个男人的情义。

有几天，她的神情显得十分焦躁，总是叮嘱我去门外的邮箱查看有没有来信。原来在我到来的前两个月，即1987年7月，于凤至从报纸上看到蒋经国在台湾宣布"解严"，她顿时眼前一亮：被蒋介石幽禁了五十年的张学良应该可以彻底获得自由了吧？于是，她立刻托人写信寄到台湾，希望在有生之年能与张学良再见一面。这是两人于1963年离婚后的第一次通信。

9月底的一天，我在邮箱里见到一封从台湾北投发来的信，收信人是 Mrs.H.Z.Chang，笔力十分苍老。应该就是了！我兴奋地跑回房，将信交给了正坐在餐桌旁的于凤至。

你能够看见她面部表情的变化。惊喜，激动，用颤抖的手直接撕开信封，都等不及我取来拆信刀。但瞬间，我发现她的面部表情又变了，双唇紧闭，嘴角拉了下来。她又反复看了几遍，便将信纸揉成一团，扔进桌旁的垃圾桶。

我捡起信纸，展开一看，一张白纸上只有五十来个核桃大字：

凤至姐：

　　谢谢你的来信。感谢上帝，我的一切都很好。更感谢主，领导我在他里面有喜乐平安。愿上帝祝福你，愿你在他里面有恩惠平安。

汉卿手启

九月二十一日

就是如此的简单、平淡？我能感觉到她那颗充满希望的心被彻底烧毁。连续几天，她失神地坐在轮椅里，只是茫然地看着前方。接下来的日子，能明显看到老太太的身体衰弱下去。

感 恩

好在她的长孙女康妮经常过来。

于凤至生过四个孩子。最小的儿子张闾琪十二岁就夭折了。长女张闾瑛住在旧金山。长子张闾珣，后来去台湾治病，1986年死在台北荣总医院。二儿子张闾玗给于凤至担任私人秘书，帮母亲料理财务，领一份薪水。闾玗因车祸死于1981年，享年六十二岁，育有二女一子，但二女儿和儿子因住得远，都跟于凤至来往不多。长孙女就是康妮，中文名张居偶，她只比我年长十岁，所以共同话题就多了。

她知道我的公公严北溟教授是著名的中国哲学史专家，便托我求字。当一幅墨宝跨洋过海寄到时，康妮特地请人精裱，配制镜框，悬挂于客厅墙上。因为我白天上课，傍晚搭乘公交车到山脚下，徒步上山还有一段路，所以康妮就主动提出每天开车在山脚下接我。

对这祖孙二人，我始终怀着深深的感恩之情。

两年后，我因转学离开了于府，但康妮一直跟我保持联系，每年都照例收到她寄来的圣诞贺卡。可是自2003年以后就再也没有了她的音信。

今年二月份，我偶然读到一本书，是国内张学良研究专家赵杰先生所撰的《张学良在美国的最后岁月》。文中提到，作者几年前去好莱坞福乐园祭扫于凤至的墓，发现旁边有一新增的墓位。作者写道："也许他（她）感受到长辈的寂静和寂寞，现在由自己来添置空格了。金属铸就的墓碑上显示着康斯坦斯·张的生卒年月 1945—2004。"

我在霎时间意识到，这是康妮！康斯坦斯正是康妮的名字。怪不得自从 2003 年以后就再也没有收到她的圣诞卡，原来她早已离开人世，享年只有五十九岁……

（《作家文摘》2014 年总第 1795 期，摘自 2014 年 12 月 7 日《新民晚报》）

爱情的镜子：陈歌辛与李香兰

·陈钢·

　　偶尔翻阅到一篇《纳凉会记》——那是 1944 年 7 月 21 日新中国报社在上海威阳路 2 号办的一次纳凉会的报道。李香兰和张爱玲两位"第一流的东亚女明星"和"第一流的中国女作家"是被邀出席的主客。会上，陈文彬先生提及了李香兰的一件逸事：

　　"有一天在国际饭店，我和李小姐在一桌吃饭，不知怎样一来，她的皮夹子落到地上，从包里散出许多杂物。我替她拾了起来，发现一面旧的镜子破了。当时我说，'镜子破了。按中国的迷信上讲是不大好的。'她怎样说？'——旧的，破的，我对它有感情。'……"

　　李香兰的名字，一直是沉浮于我忆海中的一枝奇葩——小时候，家里抽屉里有一张她睁着大大眼睛、露出深深酒窝的题赠给爸爸的照片，而 1945 年在"大光明"举行的以"夜来香"为主题的"李香兰女士歌唱会"又是爸爸和日本作曲家服部良一一同指挥的。在那次音乐会中，有两档节目是爸爸的作品——一是《水上》，由《夜》《黎明》《小溪》《湖上》《渔家女》和专为李香兰写的花腔女高音独唱曲《海燕》几部分组成；二是《中国歌曲三首》：《恨不相逢未嫁时》（爸爸作词）、《我要你》和《不变的心》。爸爸还为她写了《忘忧草》……

过了四十多年，一次李香兰托前驻日大使宋之光和夫人李清带给我她那本才出版不久的自传：《在中国的日子——李香兰：我的半生》。她那秀丽挺拔、功底深厚的中文毛笔题字令我惊讶，但同样令我惊讶的是，书中几乎只字未提及爸爸……

之后，当草刘义夫先生（前上海交响乐团负责人）和日本电视台访问上海时，李香兰还特地托电视台到我家录像，并将我的讲话录音带给她。她告诉电视台的记者，当年她差一点嫁给我爸爸。当我问"那为什么在她的传记中不着一笔？"时，记者笑着说："李香兰说，最重要的事是不能写在书上的……"

那么，他们之间是不是有过一段没写在书上的恋情呢……

1992 年李香兰来上海时，我们第一次见了面，她急切地询问爸爸在世时的情况，追忆他们四十七年前深浓的情海。我问她："能不能告诉我一点当年和爸爸在一起时的情形？"

她停顿了一下，哽咽着轻轻地说："我和你爸爸很好啊……"

后来，在东京见面时，她又笑着说："你爸爸是个美男子，要不是因为有了你妈妈和你们，我就嫁给他了……"

她一首一首地回忆着爸爸为她写的歌——《海燕》，那首矫健开朗的花腔女高音独唱曲，是专为俄国帝国大剧院的著名歌剧女演员波多列索夫夫人的女弟子李香兰写的；而《忘忧草》——她似乎有些忘了，她随着我的低哼轻轻地跟唱：

"爱人哟，天上疏星零落，有你在身边，我便不知道寂寞。爱人哟，世界已经入梦，有你在身边，我就不觉得空虚。我在泥中默念你的名字，忘去这烦忧的日子。爱人哟，虽然那似水流年无情，有你在梦里我的叶便长青。"

我想，这也许就是她的一段不平凡的、有激情的"上海之恋"……

（《作家文摘》2014 年总第 1771 期，摘自《玫瑰之恋："歌仙"陈歌辛之歌》，陈钢编著，东方出版社 2014 年 8 月出版）

老舍先生为我和祖光做媒

·新凤霞·

一个人的终身大事是可遇不可求的，但我觉得基础很重要。我和祖光近五十年的夫妻生活，坎坎坷坷走过来真艰难呀，要说我们两个共同点不少，可是个性和生长环境都有很大的不同。但我们基础好，几十年了，遇到多少风暴雷雨都没有动摇我们。

又是吴祖光

我和祖光在没有见面前已有了基础。那是 20 世纪 40 年代，我在天津已是主角了，我爱看戏、看电影。1946 年上映的《莫负青春》，由周璇、吕玉坤主演，十分轰动。里边有两支歌曲，一是主题歌《莫负青春》，一是《小小洞房》。我在演出中加唱这两首歌，就能上满观众。那时讲究在剧场大门外摆上一块黑板，写上"新凤霞加唱流行歌《莫负青春》《小小洞房》"。这部电影由吴祖光编剧、导演，陈歌辛作曲。这时我的脑子里已经有了吴祖光的印象。

在旧租界劝业场后边有一个北洋大戏院，常演话剧，记得有一个旅行话剧团，这团名角很多：唐若青、上官云珠、王云龙等。团长唐槐秋先生常到劝业场六楼来听我们的评剧，知道我是评剧演员。我也抽空去看他们的话剧。他们演《风雪夜归人》时，唐槐秋先生对我说："你们剧团演员不错，我介绍给你一个剧本《风雪夜归人》，你们演出后观众准喜欢……这个剧本是吴祖光写的。"又是吴祖光！

新中国成立后，老舍先生为我介绍了吴祖光。他还亲自为我和祖光做媒。听了情况介绍后，我和祖光彼此之间有了进一步的了解，但还有些阻力。领导是反对这门婚事的，劝我说："凤霞，你是重点培养的青年演员，政治上你幼稚。老舍是从美国回来的，他对你关心也许是好意，可是他介绍的吴祖光是香港回来的呀！香港那个地方来的人靠得住吗？我们是对你负责，不能同意。"听了这些烦心的话，我更想不通也无法解决，可又反倒给我添了力量，我定了心要见见吴祖光。

第一次约会

这时候，有件事真得求吴祖光帮助。全国青联开会，指定要我代表青年戏曲演员在大会上发言。我跟老舍先生商量说：

"我不会发言。"老舍先生说："要找人帮忙啊！吴祖光跟你联系了吗？我看你现在就打电话找他，他会诚恳帮你。"

当时，我和二姨住在天桥。头一次约祖光来我家，是老舍先生指点，二姨不知道是我主动请他来，要早知道她会说我不应该，因为她常说男女婚姻，都应当男赶着女，一个女人不能赶着男人！

外边天阴了，下起了蒙蒙小雨。我站在台阶上，远远看见祖光骑着自行车正不紧不慢地顶着蒙蒙细雨向我们一号院这边来了。祖光骑着自行车，看见我向他招手，赶快下了车。我说："真是准时，刚刚九点。"我招呼着祖光把车停在过道上，让他进了北屋，早为他冲好了茶，介绍了我的二姨。

二姨为了我们好谈话，把仅有的两把椅子放平，当中摆了一个老式的长方凳子，放上茶碗。两把椅子我和祖光各坐一把，祖光的手离我的手只有一寸多。我低头看见祖光的手，皮肤细白，胖得显出一排小窝窝。而我的手干干巴巴、青筋暴露，这倒如二姨说的"男手如棉、女手如柴，都是有福的"。祖光这一双手印在我心中，是读书写字人的手。

停了一会儿，祖光问："什么事这么忙？我能替你做什么？"我把开会发言的事说了，祖光说："我怕是帮不好你这个忙，请说说你在天桥演戏的感受。"我说："大会还要我说贫民生活。"祖光说："对呀，你讲，我给你归纳几点就可以了。"

我说了很多，都是车轱辘话，祖光记完已十一点半了，祖光说："我回去给你写好，明天九点送来。"二姨想留祖光在家吃饭，祖光说："不，我请你们出去吃。就在对面胡同有个小馆

'恩成居'，我请你们吃一道名菜——清炖甲鱼。"

这次吃饭我抢着付钱，我说："我必须付钱，我在旧社会听人说请戏子吃饭的都是为了找便宜，我这次是请您帮我忙，您就让我付钱吧，不然您就成了来找我便宜开心的了。"祖光听我这么说，不好再抢付钱了，他说了好几次："下次我请，下次我付。"

我们开始恋爱了

我家大门临街，我的睡房有一排窗户，每天演完夜场戏回家，我习惯看看窗。这天竟发现窗子亮着灯。刚进了门，二姨就热情地说："凤霞啊，教你的那位先生刚刚走，看人家多么细心啊，瞧！给你挂好这个新蚊帐，人家自己带来钉子、挂钩、锤子。哎呀，搬桌子，又摞上板凳，上上下下好忙啊！挂好就走了，连口水都没喝。这位先生可真好，你可别三心二意了。"

原来祖光为我挂蚊帐来了，这人，也不告诉我一声。好讲究的珍珠罗蚊帐！这一夜我睡在帐中，想着从旧社会就被我敬重的吴祖光，他怎么会来为我挂蚊帐呢？我真有福！

从此，我们开始恋爱了。

蚊帐过了近五十年仍是那么好，崭新光亮，珍珠罗透明。曾在"文革"中被抄走，后来又回到我手里。

（《作家文摘》2017 年总第 2077 期，摘自《美在天真：新凤霞自述》，新凤霞著，山东画报出版社 2017 年 8 月出版）

旋涡中的一柱阳光：忆丁聪夫妇

· 赵蘅 ·

12 月 11 日，沈峻离世，享年八十七岁。这是一位历经坎坷，仍能活得灿烂的坚强女性。沈峻出身于八闽望族，算起来，她还是林则徐外玄孙女。她的曾祖父是清代两江总督兼南洋大臣沈葆桢，父亲沈劭曾任国民政府交通部次长，哥哥曾任驻法公使。

六十八年前（1946 年）的圣诞夜，时年十九岁、在北京大学先修班上学的沈峻（当时名沈崇）不幸卷入轰动一时的"沈崇事件"。此事引发了全国各地学生抗议美军暴行的示威活动，以至"成为中共领导反美运动导火线"。后来，沈崇改名为沈峻，在外文出版社从事编辑工作，于 1957 年和丁聪结为伉俪。婚后不久，运动不断，一家人到 20 世纪 80 年代初才团聚。但夫妻俩一生相知相爱相扶。

都说恩爱夫妻，一个走了，其打击很难缓过来。我知道丁聪伯伯走后，沈峻阿姨也病了，后来得了绝症。我妈（杨苡）很惦记她，几次想写信慰问，又恐怕她不愿别人知道病情。

我永远记得 2009 年 11 月 20 日，那天我陪敏如姨妈最后一次去看躺在煤炭总医院的舅舅（杨宪益）。他样子衰弱极了，姨妈趴在他耳边大声说："沈峻在美国，叫你一定等她回来！"舅舅用极细微的动弹表示他听见了，听懂了，他这是要谢谢对他一直关爱的老朋友啊。

今晚，刚在朋友圈里贴上几朵俯首的小花以悼念沈峻阿姨。我被问道有没有画，意思是有没有为逝者画过像。这让我顿时懊悔不已，怎么没想到为沈峻阿姨也画一张呢？一个自我辩解在心里打转，这能怪我吗？沈峻阿姨是站在后面的人啊，每逢聚会我总是盯着那些在前面的老先生画，又哪能注意到那些站在背后的人呢？阿姨从不在乎自己有没有名气，从不在乎老伴的名气有多大。在她看来，老伴就是老伴，照顾好他，是她最大的责任。

沈峻阿姨帮丁聪出版了不止一本书。她是很有学问的，读过北大，留学美国，还在复旦大学学了俄语。长期供职外文局，但她从不宣扬她自己的成就。丁聪爱买书到狂热地步，我和妈妈见过他们家堆积如山的书海，沈峻阿姨宠着他，只会跟在后面收拾干活。现在看来丁式幽默背后是沈峻阿姨的支撑，丁老的欢笑背后是沈峻阿姨的泰然和镇定。

仿佛还听见沈峻阿姨粗粗的嗓音，在电话里向我道谢，说收到我送她的书了，以后慢慢读。他们这代老人总是这样，严文井、郁风、黄宗江、范用……哪怕是一张小小的贺年片，他们也会不是写信，就是打电话，让我好感动。但是，没想到，这是我最后一次听见沈峻阿姨的声音。

回忆在脑海里急促展开……北京文化老人的多次聚会中，我扮演最不起眼的小字辈，而沈峻阿姨如鱼得水般担当起总管。具体讲，她来负责管账，每顿饭的开支，或分摊付账都由她来安排。

这圈里的人都知道丁聪很馋。而自称和被称为"家长"的沈峻阿姨则掌控着老伴儿的嘴，这个不许吃、那个不能多吃，每到这时，丁老就变回一个很可怜又听话的小孩。可是我怎么看都觉得他其实挺心甘情愿的，他们老两口，一个"诉苦"，一个很"凶"，娇嗔还是逗趣，反正好玩儿极了。

沈峻阿姨的一生，正如她的名字一样，山高而陡峭。听说当年丁聪伯伯出发去北大荒那天，正是沈峻阿姨生小孩的同一天。第一次当爸爸却只能隔着窗子看一眼自己的娇儿是啥滋味？我曾看过丁聪在北大荒的画集，土坯房、土炕、风雪交加、荒草萋萋，包含着多少思乡和妻儿的寂寞。在我所在的干校里，我接触过米谷、丁聪、吴祖光、黄永玉，尤其目击过丁聪如何勇敢地顶撞对他施压蔑视的"工头"的场面。至今仍历历在目！那样的环境里我们谁也不敢深谈什么，所以我无从了解他的患难妻子是谁。直到很久以后，我才认识了晚年的沈峻阿姨，一部荡气回肠的历史，她选择了沉默。

沈峻阿姨总是爽朗地大笑，说话不带拐弯，一点不掩饰，不虚伪。这样的女性，这样的大起大落、大难大悲，都不曾被一次次厄运击倒，一个人该有多大的勇气、心胸、信念和坚强意志啊！

（《作家文摘》2014 年总第 1797 期，摘自 2014 年 12 月 19 日《北京青年报》）

聂绀弩与周颖

· 方竹 ·

虽然我和聂绀弩、周颖交往不多，但我父亲舒芜和聂绀弩交往密切，从父亲那儿，我听到过许多聂周的趣闻。

我是舒芜的女儿，了解聂绀弩的人应该都知道，聂、舒既是同事又是好友。党沛家在《高山流水有知音》一文中说，他看了聂绀弩给舒芜的六十多封信，"深感绀翁晚年大有离不开舒芜之感，若是舒芜多日不至，必有信招之，行文也多切切"。

我在家里一直称呼聂为聂公公。当年，聂公公从山西监狱被释放回京，父亲常去看聂，我随父亲去过两次，每次聂公公都坐躺在床上，见我们来，露出他特有的笑。印象最深的是，他虽病弱之躯，两只眼却炯炯如炬。父亲坐在床旁椅子上和聂公公聊天，周婆婆就在满屋里忙来忙去。

周婆婆是个大大咧咧、粗线条的人，去他们家的人都喜欢她，爱和她开玩笑。我第二次去，和周婆婆有点熟了，看到屋里墙壁上贴了首聂公赠周婆婆的诗，屋门向里一开，就把诗挡在门后，我探头仔细瞧了瞧诗。早听人传，聂公写诗给周婆，她也不以为意，我就有意和她开玩笑："周婆婆，门后是写给你的诗哎！"

当时周婆婆听我一说，一边带着笑意、似清楚似不清楚地说了句："啊，是吗？"一边拨电话。我看她那样子真滑稽，贴在她家的诗她能不知道吗？你说好笑不好笑！

回家的路上，我们谈的都是聂公、周婆，有件事最可说明周婆的为人。周婆是社会活动家，她最大的乐趣就是帮这个解决问题、帮那个解决问题。

有一次，民革开会，身为民革中央委员、组织部副部长的周颖自然参加，会议中间休息，做报告的人从主席台下来，看见周颖老远就喊："哎，周大姐！"周婆居然握着人家的手说："哎呀，你也来啦！"弄得人家哭笑不得。

父亲笑说："可见周婆婆光忙着在底下和人说话了，对台上一眼都没瞧。"（写到这儿我忽然想，就冲周婆婆这不拘小节的劲，也许当年她真不知道墙上贴了首给她的诗。）

而聂公公呢，当年在北大荒劳改，出工路上不小心掉进枯井里，同行的人吓坏了，跑到井边向下张望，却见老聂跷脚躺在井底正抽烟。换了任何人恐怕都不会以这样一种幽默的态度漠视一切，只有聂绀弩干得出来。想想，这样两个奇妙的人结合在一起，会生出多少奇闻逸事？

这就要说到章诒和的《斯人寂寞——聂绀弩晚年片段》了。文章的中心意思很明显：聂绀弩晚年寂寞，责任都在周颖。当然，《斯人寂寞》也说了些事实，比如聂、周曾闹离婚。这件事还真应该好好说说。

解放前有几年，聂绀弩极力要和周颖离婚，在重庆时交了女友，彼此商量怎么能在一起。（见已公开出版的聂绀弩运动中的检讨。）解放后聂公对此情依然念念不忘，有诗《赠高抗》如下：

几年才见两三回，

欲语还停但举杯。

君果何心偷泪去，

我如不死寄诗来。

一冬白雪无消息，

此夜梅花孰主裁？

怕听收音机里唱，

梁山伯与祝英台。

高抗即聂公公当年的女友，父亲读到这首诗时十分感慨，说：最后两句这个深情啊！

解放后，聂、周的关系还是不好，聂在反右之前，给党组织的一篇检讨中说，他对文学出版社的毛女士发生了某种感情。有两年，聂绀弩干脆住在单位不回家。

熟悉内情的人都知道，先有婚外情的、想离婚的总是老聂。

至于说周颖也有桃色绯闻，聂的老友们都说，周婆婆是负气而为：你这样，我也这样。没想到老聂不生气，提到那位男士，聂公公还笑着和人说："噢，我知道，他就是老周的小面首嘛。"周婆没法儿，也没兴致弄这些花样了。

至于那篇文章中提到的周颖年轻时在诗人家和人睡在一头的事，父亲笑说："当年大革命时期，年轻人活动晚了，男男女女经常在一间屋子里倒头就睡，聂公公说过这件事，不是只他们两个人，并且，也完全没有那种事。"父亲还顺便说了一下大革命时期周颖的英姿，"当年，周婆婆穿着军装，扎着武装带站在茶馆后面听戏，那个年代，茶馆完全是男人的世界，哪个年轻女性敢独自去？真是不爱红装爱武装！"

就在聂公兴致勃勃地和别人交往、他们的婚姻关系风雨飘摇之际，反右运动来了，夫妻双双被打成"右派"。随后，聂绀弩被发配北大荒劳改，因在厨房烧火不慎烧着房子，居然以"纵火犯"的罪名被关进监狱！在老聂生命最黑暗之时，周颖千里探夫，到虎林探监，经过力争，聂绀弩被减刑释放。

按说，当时周颖的生存状况比聂绀弩强，当时的社会又是那么严酷，丈夫有这么多罪名，今后的日子不会好过，何况老聂一直想离婚，这回就势离了老聂也没话说呀。但周颖不计前嫌，像当年抗战时期为救国奔走呼号一样，四处为丈夫上访申诉，在老聂最需要支持时，紧紧地和丈夫站在一起。后来，聂公深情地写诗《周婆来探后回家》："……此后定难窗再铁，何时重以鹊为桥。"什么叫"鹊为桥"？就是他们的婚姻重获新生了，他们要"鹊桥相会"了。

到了"文革"，聂绀弩又因言获罪，这回刑期更长，周颖再次千里探监。对于灾难中肝胆相照的妻子，聂公也回报以真情。事实上，从五七年后，他们不仅再没闹离婚，情反而随患难转深，聂公在《赠周婆》一诗中写道："今世曹刘君与姜，古之梁孟案齐眉。"在聂绀弩特有的调侃里，融进了多少深情！

1977年，聂、周两人更是融为一体。那年3月，聂公公给父亲一信：

一件趣事：周婆经常反对我作诗，认为天下最无意思的事是作诗。及到作了赠诗给她看时，她却很高兴地看了，一点平日那种不屑一顾的样子都没有，甚至还指手画脚说这句好，那里好，"把它寄给谁看看吧"。谁字竟包括着阁下。

事情没有完。昨上午收到来信，她问："他说甚？"我说："赠周诗好。""真的吗，怎么说？""你看！"她正在扫地，丢了扫把来准备看。但是戴上眼镜之后，却没有真看，随即取下又去扫地做别的事，而且整个下午都没有看。我想，她对诗固不甚爱，对谈诗的信就更无兴趣了。这下午我写了两封信。晚上我已上床了，她忙了好一会儿，端着茶，拿着眼镜，来到书案前找你的信说："现在来欣赏欣赏老方的管见吧！""管见"二字确是她说的。我说："看你不爱看，已经把它寄给陈迩冬去了！""我哪里是不爱看！上午我想停一下沏杯茶慢慢看吧，但没等消停就做饭，随后有人来了，一直没有断……现在正好来看，而……他说什么？……"

这是一封多么趣味横生的信，温馨的夫妻之情跃然纸上，感情不融洽怎能写出？

到了 1983 年，聂公公给父亲另一封信：

> 请兄春节前后光降一下，作一畅谈。但不可于旧历除夕，因恐是日有起哄而来者，人多口杂，反不易谈清什么问题也。绍良兄能不来亦佳，去年（前年？）他空跑一趟，颇觉无趣，至今犹歉，但亦只好由兄通知他。

信末周婆婆附笔：

> 老聂的心意，是要您和绍良同志约着一起来，老聂和您二人好说话。除夕那天来的人多，他不好和您俩说话。告诉绍良同志，我们有好酒等着他。

从这封信，我们进一步看到了日常生活中两老的夫唱妇随。

写了这么多就是想说明，周颖不仅是个有趣的人，也是个有情有义光明磊落的人。如果不分青红皂白地提他们的离婚，仿佛至死老聂都处于想离婚的状态，这是不符合事实的。回看聂绀弩与周颖的一生，可以说，如果没有整人的政治运动，可能他们真就分开了。然而，灾难，将他们永远连在一起，聂绀弩的感动之情已经充分反映在他赠周婆的诗中了。

（《作家文摘》2015 年总第 1816 期，摘自 2015 年 2 月 9 日《文汇读书周报》）

吴翔说她与公木的爱情

·樊希安，石丽侠·

公木（张松如），中国人民解放军军歌歌词作者，我国著名诗人、学者、教育家。1950 年 2 月 3 日，二十五岁的吴翔嫁给了四十岁的公木，陪伴他度过四十八载人生历程。这对师生恋人是怎样走到一起的？丙申年春节，我们去给师母吴翔拜年之际，听她详细讲述了与公木从恋爱到结婚的那段鲜为人知的经历。

家　世

吴翔原名王凤兰，出生在辽宁省金县大魏家屯。因为吴翔父亲的日语比较好，被介绍到警察署修总监处当秘书。修总监被日本人害死后，父亲帮忙张罗后事。父亲的为人得到认可，后被介绍给伪满大臣孙其昌当秘书。孙其昌曾任伪黑龙江省省长。1942年8月父亲被派到通化县当伪县长。一年之后，因为在一次宴会上冲撞日本人，用啤酒瓶砸向"太君"，被控有反日情绪遭免职，平调到伪新京文化部当了科长。

长春地下党了解到父亲的情况，在接收长春时秘密给他投信一封。信放在了吴翔家的门缝里，大意是说：你的女儿已参加了革命工作，你的经历我们也清楚，希望你能保管好日伪档案和有关材料，为新社会建设做点贡献。父亲这样做了，后来也因此减轻了一些处罚。

日本投降后，吴翔萌发了走出家庭牢笼参加革命的想法。她自作主张把姓名改为吴翔，吴就是"无"，一切从头开始；"翔"就是飞翔的意思。但是父亲"伪县长"的身份给吴翔刻上了磨灭不掉的人生印记。

滋　生

1946年5月13日，吴翔进入长春青年干校，后因形势变化，我党的一切行政机关和学校撤离长春。青年干校学生被分成两部分：家庭出身好的被送往齐齐哈尔军政大学，家庭出身不好的、家庭有历史问题的被送往东北大学。

从此，吴翔的人生轨迹和公木开始有了交集。东北大学创建时，张学思任校长却未到校，副校长舒群也未到校，公木是教育长，是这里的主要领导之一。就在佳木斯，两个素不相识的人迸发出了爱的火花。近七十年后，吴翔回忆说，那时候只知道公木老师是延安来的老干部、著名诗人。他像家里慈祥的老人，为人和善，谁有什么苦恼，都爱找他诉说。

上学期间，吴翔曾离校到东北民主联军总政文工团工作过一段时间。填登记表时，她如实填写了自己家庭情况和父亲在伪满洲国任职情况，认为这是对组织的忠诚。

吴翔会唱歌，懂乐器，学过钢琴，她想当演员，觉得自己起码也应该分到乐队，但却不承想被派到了服装组。渐渐地，她感受到了人们投来的异样目光。吴翔开始觉察到，这是"伪县长女儿"这一身份所致，家庭出身像"红字"一样成为她不被信任的标识。

吴翔真切地感受到了压力，因为做过学生会干部，和公木有过接触，出于信任，她也曾向他倾吐过心中的苦闷。公木告诉她，成分是自然印记，不可更改，但我们党有成分论，又不唯成分论，对于青年学生，尤其重在看政治表现。公木的话让吴翔倍感安慰。

不久，组织上要求学校派学生参加土改工作，吴翔报名参加。她把参加土改当成自己"脱胎换骨"的一次机会，然而事与愿违，上级因为斗争形势复杂做出决定，要求家庭出身不好的学生一律离队。就这样，在除夕这天，吴翔回到了佳木斯东北大学校区。心情郁闷，天气寒冷，吴翔身心疲惫。她想找个人倾吐一下心声。吴翔突然想到了老师公木。机缘巧合，吴翔敲门，公木正在屋里。未等说话，吴翔就坐在公木面前的凳子上抹起了眼泪。

公木关切地问吴翔：这是怎么啦？此时的吴翔再也忍不住内心的委屈，诉说自己的遭遇，公木耐心地开导吴翔。公木的话春风化雨般地滋润了吴翔的心田，而一丝丝爱意也在这股暖风中滋生。吴翔在与公木交谈中有了一种全新的感受。此时此刻，公木的心情何尝不是如此？

后来，公木告诉吴翔，他曾对她报名参加土改很失落。他对她倾心已久，不想让她离开自己身边，只是不好说出来。公木比吴翔大十五岁，以前又有过两次婚姻，"有爱在心口难开"。

两人之间的了解逐渐加深。公木更多地知道了吴翔的身世，吴翔也在逐渐熟悉着公木，知道他有两次婚姻：第一次是父母包办，后解除婚约，有一个孩子；第二次是自由恋爱，而对方却给了他深深的伤害，留下一女寄放在老乡家不知下落。快四十岁了，还孤身一人。

征　服

公木和吴翔保持着正常的师生交往，但每一次接触，在探讨问题解疑释惑之余，都互相感觉到身上的热血在沸腾。同时在交往中，吴翔也增加了对公木的关心，每次来都帮他收拾房间，搞卫生。公木感受到了来自异性的温暖。

1948 年 10 月 3 日，在和吴翔又一次见面后，公木抑制不住内心的激动，连写了两首诗（《强盗》和《贼》）来表达激动的心情——

强　盗

你是一个强盗

你闯进一所古老的空房

霸占住就变成主人了

你擦亮了尘封的玻璃窗

你扫除了结在门框上的蜘蛛网

剥落的墙壁

你重新加以彩饰

凋谢了的庭花

又笑着开放了……

贼

你是一个贼

你偷走了我的平静

通夜我闭不上眼睛

天不亮就爬起来

每一阵叩门声

都使我怦怦地心跳……

但吴翔这时还是学生，他只能把爱埋藏在内心深处。

冬去春来。东北大学已由佳木斯迁到长春。吴翔也随学校从佳木斯到吉林，再从吉林到长春，在长春时进入学校社会科学院读经济学。毕业后留校，负责协助做教学安排。那一年，吴翔二十四岁。家里催她解决个人问题，但她早心有所属，不为所动。她唯一着急的是，公木怎么想？他为什么不先开口？

1949年10月1日，中华人民共和国成立。当天，公木抑制不住内心的激动，在回长春的火车上写下了《中华人民共和国颂歌》。国将不国，何以家为？现在中华人民共和国成立了，我也要组建新的家庭，过幸福美满的日子。

公木下定了决心。回到长春，公木约吴翔见面。他兴奋地向她朗诵了自己新创作的《中华人民共和国颂歌》，吴翔心存埋怨，你这么有才思和激情，为什么就不敢对心爱的人表露你的爱情呢？就在暗自思忖之际，公木让她看一样东西。吴翔接过一看，是公木起草的要求和吴翔订婚的申请报告。

"你看看，如没意见，就签个名吧！"吴翔一句话没说，红着脸接过公木递来的笔，在末尾签上自己的名字。

同　舟

接下来便是漫长的等待。

订婚要组织批准，领导和朋友都劝公木要慎重，吴翔是"伪县长女儿"，可别影响了你的政治前途！公木说，她的出身是没有选择的，家世是清楚的，个人历史也是清白的，她能影响我什么呢！公木的执着赢得老友们的支持，但最后还得由张如心校长定夺。

张如心了解了吴翔的情况后，只问了一句话——"是不是共青团员？""是！""是团员就可以！"校长一锤定音，又补充一句："公木四十岁了，也该有个家了。"这桩婚事终于定了下来。

从此，公木和吴翔风雨同舟，荣辱与共，不弃不离。他们生了百钢、铁奔、丹木两男一女，孩子们皆学有所成。在吴翔的帮助下，公木和困留原籍的父母重得团聚，并与寄养西安的女儿取得了联系。在公木被打成"右派"长达二十年的时间里，吴翔陪他颠沛流离，担惊受怕，终于送走风雨，迎来了彩虹。

公木晚年曾有诗曰："假如让我得重生，定必这般约略同。"这指的是他选择的人生道路，但这同样适合于他的伴侣选择。

（《作家文摘》2016 年总第 1916 期，摘自 2016 年 2 月 25 日《光明日报》）

宗江伯伯

·傅红星·

万言求爱信

黄宗江是中国影剧界鼎鼎有名的奇才子，他从小就会演戏，从小就会编剧。他编剧的电影作品《农奴》《海魂》《柳堡的故事》等已成为百年中国电影艺术长廊中璀璨的明珠；他又热爱生活、会生活，中国编剧界目前我还没发现谁写求爱信水平超过黄宗江的。

因为黄宗江和我父亲的特殊关系，且比我父亲年长，我一直称黄宗江为"宗江伯伯"。

父亲告诉我，他是 1943 年 9 月在山东抗日根据地入的党，入党介绍人是抗大一分校文工团的战友、团里的主要演员阮若珊。阮若珊比父亲大四岁多，是北京贝满女中毕业的有知识有文化的大姐，1939 年的党员，20 世纪 70 年代末在中央戏剧学院任党委副书记副院长，黄宗江是她的丈夫，八一电影制片厂编剧。爸爸翻出一些黑白照片，寻找着阮若珊和黄宗江的身影。

父亲找到一张不足四寸的黑白照片，指着一位穿着厚厚的中式对襟棉袄、有着圆圆眼睛、清秀面庞的五十多岁的中年男人，说他就是黄宗江，这是北京棉花胡同，他们家的院子。父亲每当有机会去北京出差，就会去棉花胡同看望他的入党介绍人。

阮若珊在 20 世纪 50 年代中期曾任中国人民解放军南京军区政治部前线文工团团长，是准师级干部。而当时黄宗江是前线文工团的普通编剧，连职干部，离过一次婚。后来就有了著名的"万言求爱信"，"才子"黄宗江向他的领导展开了猛烈的爱情攻势，终于"拿下"。

热心做媒人

我从新影厂调到中国电影资料馆当馆长，导演孙道临去世的第二天，我组织在京的电影人来资料馆召开追思会，特意关照工作人员一定要把黄宗江请来。

宗江伯伯那年刚过八十六周岁，思路很清晰地给大家讲述了当年在燕京大学孙道临是如何被他劝上演艺之路的：孙道临与宗江伯伯同龄，只小宗江伯伯两个月，在燕京大学读哲学系，宗江伯伯读外文系，他们都在北平出生，入校不久便成为好朋友，只是孙道临性格内向，宗江伯伯性格外向。1941 年，刚刚翻译完独幕话剧《窗外》，宗江伯伯在燕京大学校园里遇到了孙道临，于是他左拉右拽鼓动孙道临演出他的戏，孙道临禁不住好朋友的好言相劝，从此走上演艺之路。

宗江伯伯还说孙道临是个"大龄青年"，四十多岁才结婚。孙道临与越剧演员王文娟结婚还是他做的媒。1958年春天，也就是宗江伯伯与阮若珊结婚的第二年，宗江伯伯就筹划着他的好朋友——"大龄青年"孙道临的婚事。一天，他妹妹黄宗英陪着孙道临，著名越剧演员徐玉兰陪着王文娟到他所住的上海作协招待所小房间见面，宗江伯伯很正式地介绍他们认识，然后让孙道临单独送王文娟回家。宗江伯伯教缺乏谈情说爱经验的孙道临如何提前做功课，如何在分别的时候勤快地写信，等等。终于，功夫不负有心人，孙道临与王文娟在经历了四年的"谈情说爱"后步入了婚姻殿堂。宗江伯伯调侃说："他学哲学，很古板，老大不小了，我劝他快找个对象结婚。"

孤独的晚年生活

追思会那天，我在资料馆大门口迎接老爷子的到来。在去现场的电梯里，宗江伯伯还是称我为"傅大少爷"，他说你请我来，我是要来的。他贴近我耳朵边说，粉碎"四人帮"后，曾经有人推荐他到资料馆来当馆长，他没有来。当时我觉得宗江伯伯不像开玩笑，挺认真的。

宗江伯伯还给我绘声绘色地讲过他是如何去美国当海军

的，我这就理解了为什么《海魂》写得那么有质感。

阮若珊去世后，家里摆了个小灵位，墙上挂着阮若珊的照片，照片前面有一盘阮若珊平时爱吃的水果。三个女儿都有各自的家庭，平时女儿们给宗江伯伯找了一个保姆照顾他的日常生活。虽然女儿们每天会轮流来看他，但宗江伯伯在内心里还是有点孤独。好在宗江伯伯在文艺界的朋友多，大家怕他寂寞，经常会叫上他聚会吃饭。

宗江伯伯去世前，我去八一厂看过他。在八一厂院子里，保姆用轮椅推着他出来晒太阳，阳光洒在他的身上，他似乎在沉思，久久望着远方。我望着面无表情的宗江伯伯，心里忽然一阵难受，此刻的他在想什么呢？也许他在思念他的若珊，在追忆他的似水年华……

（《作家文摘》2017年总第2035期，摘自《随笔》2017年第3期）

叶君健与苑茵

·叶念伦口述，吴睿娜采访整理·

国难中相识

我的父母，一个出生在东北，一个出生在湖北，在那个战乱动荡的年代，两个原本没有人生交集的人，被命运系到了一起。

他们相识在雾都重庆。"九一八"事变后，母亲苑茵从东北辗转流亡到重庆，渐渐和家中失去了联系。在东北流亡学生救济总署的资助下，母亲考入了战时迁至此地的复旦大学，并成为中共地下党的一员。

我爷爷家特别穷，爷爷身体不好，种不了地，家里一亩地也没有，完全赤贫。尽管家里很穷，但父亲叶君健通过勤工俭学，十四岁高小毕业，并通过自己的努力，参加同等学力的考试，在十九岁那年考入武汉大学。他毕业没两年，日军攻占了武汉，父亲流亡到香港。

二十五岁那年，父亲来到重庆。在香港已小有名气的他，被重庆大学、中央大学、复旦大学聘为教授。

我的母亲年轻时非常漂亮。在认识我父亲之前，很多达官贵人的子弟追求她。但她选择对象的标准是有共同的思想基础，她根本看不上那些公子哥儿。

母亲毕业前一年，正巧父亲到复旦外文系教课。以前母亲就读过他的作品，从进步同学那里得知，他用"马耳"的笔名为莫斯科的《苏联文学》写文章，介绍中国的抗战文学和进步作家。母亲听了他两堂课，便和他认识了，觉得他们的思想和趣味很接近。

母亲的导师马宗融教授就像家长一样照顾她。马教授经常把母亲叫到家里吃饭。我的父亲和马教授又是朋友，因此，他俩经常在马家见面，彼此都产生了好感。

打动我母亲芳心的是父亲的朴实。一天，我父亲说要请我母亲吃午饭，把她带到一个小面馆里，要了两碗担担面和两小碟花生米。这是当时重庆最便宜的吃食，旁边的食客全是抬滑竿的苦力。母亲怕辣没动筷子，父亲几口就把自己的担担面吃个精光。看到母亲不吃，就说："现在国难当头，一切都困难，我们不要浪费。你不吃，我就帮你吃了吧。"然后把母亲那碗面和花生米拿过去一扫而光。

用这种请吃饭的方式约会可能会当场失败，但我母亲却看到了父亲的朴实。随着彼此了解加深，他们决定结婚。

把你这根小草用露水浇活

两年后，我的父母迎来了感情路上最漫长的一次考验。

1944 年初，英美开辟第二战场，为反击德意法西斯，英国政府开始战时总动员。英国战时宣传部希望邀请一位中国知识分子赴英，要求英语好，既非共产党员也非国民党员。我的父亲因此受邀，到英国各地演讲。父亲飞往英国的时候，大哥还不到两岁，母亲又怀了二哥。没想到，父亲这一去就是六年。

在英国的那几年，父亲出版了八本关于中国的英文长篇小说，被英国书会推荐为 1947 年的 "最佳作品"。1949 年 8 月，毕加索、居里夫人和阿拉贡联名写信邀请父亲作为远东唯一的作家，参加由社会主义国家发起、在波兰召开的世界保卫和平大会。会上父亲听说了新中国即将成立的消息。他决定立刻放弃英国剑桥大学要给他的职位，回到新中国。

父亲坐轮船走了三个多月，于 1949 年底在天津登陆，和母亲重逢。

父亲在英国时，母亲听到流言说父亲在国外有家，在极度痛苦的情况下，仍坚持工作，抚养孩子，终因积劳成疾患上重病。经医院检查，母亲是肺病三期。看到母亲因操劳而病重的样子，父亲内心受到很大冲击，他对母亲说："我们分开太久了，战争时期又不能通信，何况还有人带来谣言。记得我们结婚时，你说你的茵字就是一根冬天的小草。现在，我要把你这根小草用露水浇活。"

一年后，母亲生下了我。由于母亲肺病传染不能喂奶，父亲每四小时给我喂一次牛奶。母亲办理了病退，在家专心休养。渐渐地，我在父亲无微不至的照料下长大，母亲也转危为安。

1957年，父母省吃俭用，以三百匹布的价格换得了恭俭胡同的小院。我们搬入新居后，来往的亲朋好友多起来。父亲说："他们都是穷人，年老的我们要给他们送终，年轻的我们要培养他们受教育自立。"于是父母把他俩在家乡的穷亲戚都先后接来了，姥姥、大姨、外甥女、侄女、姑姑、伯母，我们在这个小院里共同生活，节衣缩食，患难与共。

父亲在对外文委工作，负责接待各国友好人士。外国作家来中国访问，上级经常安排父亲在家招待。看到我们一大家子人和谐地住在一个屋檐下，他们感叹简直不可思议。

恩爱相始终

父亲翻译的《安徒生童话》在国内影响了几代少年儿童。父亲第一次接触这本书是在剑桥的时候。他读完了这本英文选集觉得不过瘾，又借了德文版、法文版，发觉同一个故事，内容翻译出入很大，体现了不同译者的不同理解和水平。他觉得有必要去研究原文，看看安徒生到底是怎么写的。他就利用寒暑假访问丹麦，学习丹麦文，做了大量研究工作。他着迷了，认为必须把这伟大的世界文学名著介绍到中国来。

　　父亲是从丹麦文翻译《安徒生童话》十六卷全集的第一人，从初译、重译到改写、再版，前后历经四十多年。安徒生创作一百六十八篇童话也历时四十多年。丹麦的汉学家研究了父亲的译文后认为，在全世界五百多种文字的译文中，父亲的翻译是最有创造性的，如他把《小人鱼》的篇名翻译成了更加有诗意的《海的女儿》。因为父亲把丹麦最闻名的名片安徒生介绍给了人口最多的大国，丹麦女王在 1988 年册封他为勋爵。安徒生生前也曾获得同样的爵位。

　　父亲写东西非常严谨，经常改得密密麻麻、一塌糊涂，除了我母亲，没人能看懂。我母亲就负责抄写和誊清。

　　我母亲也不是抄抄就完了。她的文笔也非常好，细腻、有文采。作为第一个读者，母亲也有自己的想法，不断提出一些修改意见。可以说，父亲所有中文作品都是我母亲反复提意见修改和抄写出来的。后来我和母亲整理出父亲的全集有一千一百万字，应该说其中的八百万至九百万字都有我母亲的一半"功劳"。

　　1992 年，一直身体很好的父亲突然查出了前列腺癌，而且是晚期，大夫宣布活不过三个月。但凭着父亲的坚强和乐观，大夫的全力救治，母亲的日夜护理和精心调养，半年后，奇迹出现了，病情不仅被控制住，而且开始慢慢好转了。

　　这一年的 10 月 25 日，父母在病床上庆祝了"金婚"。著名诗人臧克家作诗庆贺："银婚变金婚，两心并一心；恩爱相终始，百岁犹青春。"

　　此后，父母开始相约"爬格子"，两位白发老人你追我赶，辛勤笔耕。父亲在与病魔作斗争的将近十年时间里，写了一大批珍贵的回忆录、小说、散文，总计二百多万字。母亲更是不教一日闲过，一边写作，一边画画。有些人可能不理解，所图何来？他们重视的是争分夺秒地"创造"。母亲在《粗人与绝症》随笔中说：

他一生认为他是平凡渺小的人，他生存的意义只在于创造……我作为和他在风风雨雨中共同生活了五十余年的老伴儿，他这种"新生"自然也给我的生命增添了某种活力。

（《作家文摘》2018 年总第 2164 期，摘自《纵横》2018 年第 8 期）

黄宗英：我与赵丹

·黄宗英·

　　我和赵丹是在 1947 年的时候认识的，那年的初秋，正是秋老虎的时候。我受邀到上海拍摄《丽人行》，那天我穿了蓝色的旗袍，阿丹来接我。他穿一件短袖衬衫，扣子扣乱了，袜子一只一个样，给我留下很好的印象。我觉得他是一个朴实的艺术家，没有大明星的样子。我们合作得很愉快，片子快拍完的时候，他跟我说："你不应该离开，你应该是我的妻子。"我当时没有接他的话，打岔把话题岔开了，因为当时我已经有丈夫了。

　　我回到北京后，始终觉得我们的爱情没有展开，他就说要变成"夫妻"了。我就不知道他是真的爱我还是说着玩了。等到冬天，我坐海轮回到上海，赵丹来码头接我，他说："我怕你回不来了，我专门到徐家汇教堂祈祷过，希望你一定要回来。"我很感动，我想他都去教堂祈祷了，他是真的爱我的，后来我

160

们就结婚了。

我们那时候在昆仑电影公司，接了党的任务去拍《武训传》。一说电影要拍，赵丹就到服装间借了霉味很重很破的棉袄，我洒了花露水晒了两天，之后他就天天穿着。然后他吃饭也不上桌了，我说离电影开拍还早呢，你先来桌上吃，他说："我要现在在桌上吃，我在戏里就不会在地上吃，就不知道袖子往哪儿搁了。"他就这么进了戏了。戏里的武训要被人打，拍完戏他回家也伤痕累累，因为他要求对方真踢真打。

《武训传》刚上映的时候，一片好评，领导也站起来鼓掌。可是没想到有一天会有人举报，要"彻底批判反革命电影《武训传》"，我们都傻了。那时候赵丹出门坐公共汽车，售票员说："你还没被抓去？"

我们也不知道为什么要用那么大的阵势来批判。张瑞芳说过一句话，"黄宗英变成贤妻良母的时候，就是赵丹又挨批了"。

有一次赵丹在夜里自言自语，把我说醒了，我就跟他说："你不要自说自话，你有话想说就把我叫醒了说，不然你这样我觉得怪瘆人的。"他说："我怕我不会说话了以后怎么演戏。"他已经在政治上毁了，在业务上毁了，他想的还是演戏。

直到后来拍《李时珍》，他渐渐找回了演戏的意识形态，《林则徐》后，才又找回了演员的自信。他演林则徐的时候我很担心，演清朝官员，穿带动物图案的衣服和马蹄袖，我担心他的形象不好，结果他第一个镜头出来亮相，我就放心了，他的形象还是那么光明。

他一演戏就不理我了，进了戏我跟他说话他也像听不见。

演李时珍的时候他也是穿着仓库的衣服回家。那个角色他要从十七岁演到七十岁，夏天热得不得了，脸上化很厚的妆，戴着发套，汗都没法擦，我就拿织毛线的针捅着他的脑袋，扎来扎去，为了让他舒服一点。

我这辈子做过一些错事，也做对了一些事，其中我想来，最对的一件事情就是嫁给了赵丹。我现在想，赵丹确实是值得我爱的。他的一生大起大落，老是挨批判。可是他挨的批判我都不了解为什么，所以我没法劝他，我就只能抱着他，告诉他我站在他这边。我一辈子作为赵丹妻，大概也就是这个作用。

1980 年他突然病倒，去北京看病的时候已经不会走了，是我的大儿子把他背上飞机。当时北京天很热，他却一直喊冷，我只能把他的脚放在我的肚子上，让他暖和一点。我们很努力地调节他的饮食睡眠，他也不见好。

7 月回来，电影局局长找我去，说他得的是胰腺癌，癌体已经八厘米，很难开刀，于是我们就开始保守化疗。我很仔细地给他吃他喜欢吃的东西，鱼、虾、甲鱼，可是他一点肉也不长。7 月底他突然大吐，吐得血也出来了。我们又去了北京，但也没怎么治。

在北京期间，赵丹要求下午输液，早上画画，画了画就让医院的医生护士拿走。他就这么没有希望地治疗着，直到 10 月初的一天早上，5 点他醒了，跟我说：“我不要哀乐，要贝多芬、舒伯特，要葬在聂耳墓的旁边。”

10 月 10 日，赵丹就离开人世了，我觉得他是死在了斗争的前线。也是 10 月，他的书画展在北京举行……中国美术馆的馆长说，从来没有这么多人来这里看展览，他很高兴。

赵丹说他的画比戏好，他的字比画好，他活得很开心。我再也没有看到一个人能够这样的自得其乐，自己给自己找乐趣。他是一个值得我们纪念的人。今天这么多人纪念他，我心里非常感动。

（《作家文摘》2015年总第1863期，摘自2015年8月8日《东方早报》）

九月十九，马悦然的中国缘

· 曹乃谦 ·

脑血栓后遗症使得我经常头晕，两年了不能写作。今年秋天我就来到山东龙口养病。这天上午接到一个女孩的短信，说是某报文化记者，问我可知道马悦然先生有不幸的消息吗？我赶快问，什么不幸消息？她说你们是好朋友，你也不知道这事，那但愿是误传吧。

这时我猛地想起什么，赶快开电脑，一下看到有文芬的信。我的心咯噔一下子就快速地跳起来，颤抖着手点开信后，看到的是"悦然今天下午三点半在家过世"。

我不由得大声"啊"了一声，老伴听到了跑过来问咋了咋了？我哽咽着低声说，悦然，走了。

沉默了一阵，老伴儿才问多会儿？我说，今天。

可今天是多会儿？我们都不知道。我在这里养病，真的是经常不知道今天是多会儿。

我电脑快坏了，经常黑屏。这又黑了，把视屏弄亮，才知道今天是 10 月 17 日，可这时又看见文芬的一句话："我想起来，今天就是我们在你家订婚的日子。"我赶快滑开手机，点开日历：10 月 17 日，农历九月十九。

啊！九月十九！我再次大声"啊"地叫起来。

十四年前的那天，2005 年的那天，农历九月十九的那天。

那天早晨我上街买菜，发现街面上比平时多了好多家卖香火的摊子，生意很旺。我好奇地向一个刚买了香火的老人打问，他的手向上指指说："你不看，天蓝蓝的，是个好日子。"见我还不明白，他又说，"今天是观音菩萨的成佛日，是个喜庆的日子。"

竟然有这么巧的事。瑞典的马悦然先生和中国台湾的文芬女士，还有我的好朋友李锐和蒋韵四位贵宾今天要来我家做客，正好就遇到了这么个喜庆的日子，真是有缘。

我在客厅饭桌摆杯盘碗筷，悦然推推我胳膊："乃谦，你给大家把酒倒好，我有话要说。"

我以为他是想要在吃饭时跟大家碰碰杯，再说说什么话，我说："没问题。"说完，继续忙我的。

可是不一会儿，他又揪揪我衣服说："乃谦，你给大家把酒倒好，我有话要说。"

我抬起头问他："现在？"

他连连地点头说："对。就是现在。"

我算了算，连妻子和请来开车的朋友，屋里八个人。我一字排好八个高脚杯，打开啤酒，连沫儿带酒把杯子都加得满满溢溢的。这时，文芬也出面了，她进厨房去请我妻子。我妻子说你们先喝着，我忙完就过去。

文芬说："请你也过来。你得过来，悦然要训话。"

悦然面对着大家站着，文芬靠在他的身边。悦然看了看墙上的壁钟，又转过身看着大家，没作声。大家静静地等着，等着他的训话。

悦然又看钟表，我也跟着看看，正是中午十二点整，他开口了。说得很慢，表情严肃、激动，他说："现在，我当着各位朋友的面，宣布，"说着，他的左胳膊把身边的文芬搂紧，"我和文芬，相爱多年，今天，我要在各位朋友的见证下，正式订婚。"说完，在大家还没想起欢呼庆贺的时候，他把握在掌心的戒指戴在文芬的手指上。紧接着，就是幸福的拥抱。就在那一瞬间，我看见，文芬的眼里含着晶莹的泪珠。

蒋韵把提包打开，取出一对枕头，样式像两条弯弯的鱼，古朴、高雅。这是他们给悦然和文芬的礼物。李锐和悦然他们是一起从北京过来的，悦然在北京就把要在我家订婚的事告诉了他，他就让蒋韵做了准备，可我却事先不知道这件美好的事要在我家发生。文芬解释说："悦然是怕给你出了难题，不知该如何准备才好，所以我们才没有事先让你知道。"可我该送个什么礼物呢？

蒋韵说："你给唱首民歌吧。"

可这能叫礼物吗？我一下想起，悦然和文芬看了挂在墙上的我自己写的书法，都说写得好。我就说，那我给你们写个条幅，裱好后寄给你们。

"好，好，"悦然说，"对！你就写'到黑夜想你没办法'这几个字。"悦然还告诉我，他用瑞典文翻译我的长篇小说《到黑夜想你没办法》近期就要出版发行。

"哇——到黑夜想你没办法!"大家同时欢呼起来。

热烈地鼓掌。衷心地祝福。酒杯高高地举起。

在温家窑,当我看到悦然弯下腰跟围观的孩子们说笑逗玩,又看到文芬抱起羊羔亲亲它的脑袋时,我就认定这两个人同样有着金子般的真诚善良、宽厚仁慈的心。从今开始,这两颗心脏就要因了人类最崇高最神圣的情感而一起跳动。我和李锐夫妇作为证婚人,也为此而感到无比高兴,高兴得不知该说什么好。

一向不好说话从来不喝啤酒的我的妻子,一口气把杯中酒喝干,激动地说:"今天真是个好日子。"

"对。今天真是个好日子。"大家同声说。

可是,十四年后的这天,悦然却是在农历九月十九这个日子,去了另一个世界。我真的想不明白,为什么这两个色彩不同的日子都是九月十九?

我老伴儿说,这有什么不明白的,这是缘。上个九月十九,缘让悦然和文芬这两个相爱的人,在这个吉祥的日子里结成夫妻。而这个九月十九,缘让悦然在这一天离世,就是为了让他心爱的妻子不要悲伤。

是的,是缘。

九月十九,九月十九,这就是悦然的中国缘。

(《作家文摘》2019年总第2286期,摘自2019年11月4日《新民晚报》)

画家幼春和她的闺密三毛

·刘沙·

二十年前的那个夏夜，我陪台北来的画家幼春去长乐路上定制旗袍。幼春有地址，长乐路某某号。幼春说，这家看似不起眼的小店，经营旗袍生意已有百年历史，在台湾非常有名……夜色中，听幼春如数家珍，我却像个外乡人。

进店，师傅问幼春，怎么会找到他的。幼春说是三毛介绍的。

去年3月，我去台北，下了飞机便电话幼春，却没人接。于是晚上直奔幼春家，才得知幼春这几天"借"给了导演关锦鹏。关导正在策划一部关于三毛的电影，作为三毛曾经的闺密，幼春给关导讲了整整三天关于三毛至今都鲜为人知的故事。

幼春说，其中的一个故事，就是多年前三毛在上海找到一位据说曾经为张爱玲缝制旗袍的奉帮裁缝，三毛一口气请师傅做了好几件旗袍。回到台北，三毛便把上海这间店告诉了幼春，于是便有了二十年前的那个夏夜……

幼春说，她爱三毛，爱她的随性和浪迹，更感念她内心深处的那份隐秘的情感。

1986年的一天，幼春是在舞台剧《棋王》的演出现场第一次见到三毛的。那夜，幼春送了一束白玫瑰给三毛……从此，这个叫幼春的屏东乡下女孩和一位刚从加那利群岛来的叫三毛的奇女子相遇了。从此，幼春常常会在深夜接到三毛的电话，电话中三毛撤掉心防，畅所欲言，细述她的红尘心事。除了电话，三毛还给幼春写信，将内心彻底释放。

> 荷西这个男人，世上无双，我至死爱他，爱他，爱他，死也不能叫我与他分离。曾经沧海，除却巫山，他的死，成全了我们永生的爱情。我哭他，是我不够豁达，人生不过白驹过隙，就算与他活一百年，也是个死，五十步笑百步。但我情愿上刀山，下油锅，如果我可以再与他生活一年，一天，一小时。我贪心……

这是1987年12月12日，三毛写给幼春的信。在信中，三毛第一次跟幼春提及了她心中的荷西。幼春说，即使几十年后的今天，她依旧会因为三毛的这段文字而感动得落泪。

在幼春的画室，幼春给我看三毛送她的那只著名的猫眼戒指。她说那天晚上，三毛天真而开心地在自己的五个手指上都戴上了不同的戒指，然后她让幼春选一只最爱的戒指戴上。然而，没等幼春吱声，三毛便率性地拔下那只鹅蛋形猫眼石戒指，顺势戴在了幼春的无名指上……幼春说，那夜，这只三毛当年的德国男友送的定情之物，便因缘际会地戴到了她的手上。

多年前初识幼春，便觉得她有点像三毛。幼春也有"荷西"相伴，她的"荷西"叫永裕，同为台湾著名的画家。夜色台北，幼春住的木栅街上，一间小木屋温柔的灯影里，夜夜弥漫着琴声。永裕在弹琴，幼春在作画，画三毛的撒哈拉……

（《作家文摘》2015年总第1862期，摘自2015年8月3日《新民晚报》）

第三章　願君知我心

我和张伯驹家人的交往

·东东·

我从小时候记事开始，就和张伯伯一家人是门挨门的邻居。张伯伯一家人包括张奶奶（王韵缃）、张伯伯（王韵缃的儿子张柳溪）、朱姨（张柳溪妻朱道纯），以及张奶奶的大孙女嫣嫣、孙子迎迎、小孙女婷婷。

张奶奶、张伯伯和朱姨

张奶奶皮肤白皙、中等个头、身材匀称，具有江南人的气质。她慈祥和蔼善良、宽容大度平静，闲暇时会看一些小说。她和院儿里每一家的关系都处得很好，从没发生过与人红脸的事情。

在那个时代，大人们经常开会或工作到深夜。天渐渐黑了，晚饭时间到了，我饥肠辘辘、孤零零地坐在自家门前的台阶上，无奈地等待着爸爸妈妈下班回家。

这时，一个亲切的声音传了过来："东东，过来吃饭了。"那是张奶奶在招呼我。肚子吃饱后，由于爸爸妈妈没有给我留家门钥匙，我只能留在张奶奶的屋子里和她的孙子孙女们一起玩儿。困了就睡在张奶奶家的床上，第二天早晨醒了才发现不知何时已经被爸爸妈妈抱回了家……这样的事儿，记不清发生过多少次。

1963年盛夏，大暴雨持续了七天七夜，大水漫过防洪堤涌进了城。院子门口的两扇墨绿色木质大门被大人们用砖砌住了一扇，剩余部分垒上沙袋，水仍然漫上了墙基。就在大家担心房子会不会倒塌时，子弟兵伸出了援手，包括张奶奶在内的全院儿的老人和孩子们，都搬进了驻军某部军部礼堂西厅，床是用长条椅子临时拼凑的。张奶奶招呼着我们这些孩子，我们无忧无虑地玩耍着，还能一遍又一遍地观看礼堂放映的电影。睡觉的时候，还有张奶奶关心地给我们盖被子。

回想当年，少不更事的我，心头总有一个疑问：张奶奶的老伴儿张爷爷怎么不和张伯伯一家人一起生活呢？直到多年以后我才知道，原来张爷爷是张伯驹。

张伯伯和朱姨，一个毕业于北平辅仁大学，一个毕业于北平国立第一助产学校。这样的接受过专业系统学习的名校毕业生，那年月还是不多见的。新中国成立初期的石家庄，工业建设和妇幼保健事业正蓬勃展开，张伯伯和朱姨以满腔热情，投入各自领域的工作之中。

张伯伯身材瘦高、步履不急不慢、言语不多、不苟言笑，身体看上去弱弱的。

他常年戴着一副眼镜，很斯文的样子。下班回家来到院儿里，手里经常拿着一些报刊。他关心时事，更关心经济。

孩子们

20世纪60年代初，我与嫣嫣进入同一所小学并分在了同一个班。嫣嫣经常笑脸盈盈，虽然言语不多，但是思维缜密、学习优秀。直至我转到全天寄宿制七一学校为止，学习成绩一直没有赶上嫣嫣。1977年恢复高考，嫣嫣以优秀的成绩考入河北医学院（今河北医科大学），和朱姨一样，她后来也成为一名医务工作者。

迎迎憨厚实在、言语也不多，如同张伯伯一样。我们闲暇时一块玩儿弹玻璃球儿、拍三角儿、打嘎嘎儿，和院儿里其他的孩子们一起，共同度过了那无忧无虑的童年时光。迎迎中学毕业后成了一名插队知青，受张伯伯影响，当院儿里其他孩子们看闲书时，迎迎看的却是国家经济发展建设类的文章。随着知青大批返城，迎迎进入了一家工厂，经过自身努力，后来也接受了高等教育。

婷婷相对活泼很多，爱说爱玩儿、学习成绩优秀、动手能力强。她小小年纪就学会了炒菜做饭、裁缝衣裳。记得我上中学期间，有一次回家，爸爸妈妈上班还没回来。临近吃饭我才发现只有玉米面饼子没有菜。这时婷婷过来了，三下五除二就炒好了一盘鸡蛋。

经历小学、中学，婷婷以优异成绩考入了一所重点大学。

离 去

1979年夏，风烛残年的张爷爷步履蹒跚地带领张伯伯、嫣嫣、婷婷，头顶骄阳由后海南沿的家中步行穿过胡同，来到当时位于北海的中央文史研究馆，开了关于张伯驹错划"右派"已平反的证明。张爷爷郑重地说："凭这证明，交给组织上，把你们档案中有关我的情况说明一下。"张爷爷虽然不拘一格、远离政治，但他不想因为自己而影响子孙们的前程。

1982年2月26日，时年八十四周岁的张爷爷因感冒转肺炎，继而脏器衰竭逝世了。张伯伯、朱姨携嫣嫣、迎迎、婷婷，和潘素奶奶及女儿张传彩一家，共同料理后事。

之后的日子里，潘素奶奶多次邀请张伯伯到家小住、叙旧。这里有当年潘素奶奶亲手用毛笔写给张伯伯的家书一封，信里写道：

柳溪儿：

来信收悉。春节前搬回后海南沿，一直忙于社会活动及作画。本月开全国政协会议，会后可能去香港做画事。眼很不良。麻烦你十月来京住家里，不要住在其他家。你注意身体，不多言了，见面再讲。代问全家好。

潘素

八七年二月三日

1986 年秋，石家庄市政府要对包括张伯伯一家在内的院子进行旧城平房拆迁改造，院儿里的邻居们开始自寻临时住所。

1988 年，是院儿里旧平房改建楼房后回迁的第二年，张奶奶在婷婷的陪伴下，坚持要来看看回迁的老邻居们。

也许是太高兴了，竟发生了意外——张奶奶在当天就因为脑中风住进了医院，之后就永远地离开了。

如今，嫣嫣已成长为主任医师，迎迎病退前是某集团公司一名高管，婷婷也已成为大学副教授。

如果张爷爷和张奶奶在天有知，一定会为孙子孙女的成绩而欣慰吧。

（《作家文摘》2018 年总第 2142 期，摘自 2018 年 4 月 21 日《北京晚报》）

吾师苏雪林

·汪琪·

五四时代女学者的风范

1956 年的夏天，台湾各大学新生联考发榜，我名列刚刚从工学院改制为台南成功大学的中国文学系。临行母亲再三叮咛，代她向将任成大中文系系主任的苏雪林教授问安。苏老师是她（1926 年）苏州景海女子师范学校的国文主任。三十年后我们母女竟得并列苏师门下！

我到学校才知道，苏师以不谙行政工作为由，恳辞中文系系主任之职；为我们开的课程是"基本国文、作文"和"中国文学史"（二、三年级开"楚辞"）。

这天是正式上课的第一日，第一节课"基本国文"，紧接"中国文学史"，居然坐得满满的，显然许多是别班别系来旁听的同学。

爱好文学者谁不知道这位个性独立、思想卓越的"五四才女"？谁没有读过她的著作《绿天》《棘心》，且为书中文字的美，意境深远而感动？其他如《唐诗概论》《玉溪诗谜》等，虽是学术论著，见解每与前人不同，行文生动，主题特殊而印证周详，读过之后令人三思，受益匪浅。譬如苏师对屈原辞赋之稽考诠释，印证域外文化与华夏文化两千余年的冲击融合，在学术界已经自成一家。这就是那天教室挤得满满的原因。

上课铃声一响，立刻走进教室的正是神采飞扬的苏师，及耳的短发、短刘海，不染脂粉，着一件自然宽松长可过膝、深色布料的旗袍，黑短袜黑鞋——正如想象中五四时代女学者的风范。

苏师的笑容很难让我忘记。那样的笑容，我好像从来没有在另一个成年人脸上看到过——完全的率真！让我们，她的学生们，都感觉到她坦荡不怀心机的真性情。有时她讲课讲得兴会，就笑了；有时我们问了一个自己并不觉得那么好笑的问题，她也笑了，笑得真切，有时还笑弯了腰。如果讲述一件事物，她一再解释而我们依旧茫然听不明白，就见她忽地转向黑板，手持粉笔，几秒钟就出现了一张速写，可能是马匹、车辆、人物，也可能是某种奇花异草，总之叫大家瞠目结舌，这才想起，苏老师第一次游学法国不就是学艺术绘画的吗？

与老师话家常

苏师虽然成年以后就离开了安徽故乡，但她乡音未改。开始的一段时间，老师上课我随堂记笔记，可是还有若干地方需要向苏师请教求证。先跟老师请示约好，与一位同学同去拜访。

开门的是苏师自己，含笑迎我们入内。随即我就把笔记本拿出来，翻开几个做了记号的地方，问老师我写得对不对。老师很高兴："哦！你还记笔记啊！"看到我跟着老师画的画——我那三脚猫似的涂鸦，她就哈哈朗声笑了起来，那孩子似的笑声一甲子以后还在我耳边回荡。

老师替我改了会错意的字句，随口问些：你们是台北来的吗？哪个中学毕业的啊？等等。我忍不住就告诉她："苏老师，我的妈妈也是您的学生呢！她要我向您问好。"并告诉她母亲的名字。

"哦！袁小玉，我记得，我记得。个子小小的，坐在前面，聪明得很，两个大眼睛，书读得蛮好。很调皮，上课还一面偷偷打毛线……"

真是难以想象，三十年前的事，老师记得这么清楚。她还记得妈妈个子小，却会打篮球。

在跟从苏师读书的三年（四年级没有苏师的课）里，知道她忙，不愿常去打扰。而台北家里，母亲住进疗养院已经几个月。一天傍晚从图书馆出来，正遇见苏老师下课回家。我趋前行礼问候。老师一贯的和蔼亲切，问我快考试了，忙着温习功课吧。我说，刚给母亲写信，晚上才来读书。她想起母亲是她老学生的事，问长问短。我一时说不出话，只是摇头。

老师大惊，一把拉着我的手臂，连声说："来，来，来，跟我回家，慢慢谈。"

那是我第一次跟老师话家常，不是问学。我告诉老师母亲的病情，住在松山疗养院，现在在打一种新发明的针药，好像见效。

老师皱眉叹道："肺结核重发，多半是积郁劳累出来的。"

"是的，"我说，"母亲远地亲人忽然病故，加之台北生活不易……"

老师嘱我不要难过，自己好好读书就是爱母亲让双亲安心。还宽慰我："特效药见效就好，一定很快就会好！"

她说她了解我的心情，当年她急急从巴黎赶回来就是因为母病。她的母亲太贤惠，是给婆婆——苏老师的祖母，生生折磨死的，才只中年。以后读老师的回忆和传记，多次提到她母亲的遭遇。苏师的书斋以"春晖"为名就是纪念母亲的。

师训无时或忘

1960 年夏天我从成大毕业，跟苏师一直保持书信联系，连她休假在新加坡南洋大学执教的一年半日子里，也读到她的来信，告诉我她重提画笔、时吟古韵诗词。老师回台后，教课之余勤于写作，并继续研究屈赋，希望读其书者可以接受她对屈赋与域外文化的诠释。时有新著、每每寄我，包括那四册《屈赋新探》，洋洋一百八十万字，让我有从头细温旧业的机会。

1949年她离开武汉大学之后，次年赴欧，主要为考证屈原辞赋里涉及的神话而收集资料。苏师在法国巴黎利用图书馆和大学的收藏，攻读古代欧洲及西亚神话学。同时在语言学校进修法文，毕竟距离她早年来法学艺术，已经将近三十年了。她在大学旁听名汉学家戴密微教授的课，相与讨论屈赋问题。其间，她得悉有些西方汉学家也注意到屈赋的部分内容可能涉及西亚古欧陆神话，却因楚辞释义的困难而极少进展。她责无旁贷地下定深究这一课题的决心：华夏文化与世界文化如何接轨、如何相互激荡。

以后我在慕尼黑巴伐利亚公立图书馆任中文藏书部主管，暇时与友人德译中国现代作家的作品。函禀老师，她来信勉励，殷殷要我多读书、用心查证，还说："不论做善本书还是翻译都不可粗心大意、求其速成！"

师训无时或忘。

最后一封信

1995年夏，接到苏师7月8日寄自台南的手书。九十九岁，行文三页，仍旧流利清畅。

那时我移居美国已经有些日子了，好久没有向老师问安。

忽见《世界日报》报道成大为老师庆百龄大寿的消息（实际是暖寿），立刻怀着歉疚的心情给老师写了封祝贺的信，并告诉她自己的近况。

老师的信温暖亲切一如既往，还自我调侃："我出生是早了点——岁次乙酉、属鸡。所以我是只老母鸡。"字里行间对两次摔伤，目下行动不便，记性更坏，"老病侵寻，百药罔效"，不能写作，无奈而感伤。信末告诉我："你赠我玉照，我现在也送你一张近照……还有我的山水画册、百龄纪念文集，等我精神略好时找出……"这是苏师写给我的最后一封信。几个月后收到老师的画集、文集等。

老师的画境、高迈古拙，跟她冰雪寒林出尘而入世的个性一样，入世，但绝不媚俗。

苏师 1999 年 4 月 21 日过世，享年一百零三岁。

（《作家文摘》2017 年总第 2039 期，摘自 2017 年 5 月 26 日《今晚报》）

父亲侯仁之与梁思成

·侯馥兴·

　　1949 年 9 月底，我父亲侯仁之留英归来，回到燕京大学教书。那还是父亲在燕京大学读本科的时候，每个学期学校总要举办几次"大学讲演"，主讲人大都是从校外请来的知名学者。大约是 1934 年秋天的一次大学讲演，林徽因先生主讲中国古塔的建筑艺术，父亲慕名前往。这一次精彩的讲座，开启了他对古典建筑艺术的感知。

　　听林徽因先生的讲演之后十五年，父亲终于有机会拜访梁、林两位先生。父亲后来回忆时说，徽因先生在家中也像在讲台上那样才思纵横，侃侃而谈，可是思成先生看上去却显得格外诚挚而宁静。父亲印象深刻的是思成先生问他的第一个问题："你研究历史地理能为北京城做什么？"实际上也正是这第一次会面，促成父亲走上一条业务探索的新路，也就是运用历史地理学的专业知识为城市规划建设服务的道路。

清华燕京两校毗邻，父亲骑着从英国带回来的三枪牌自行车去清华园，梁先生的车子往返清华和市政府也过燕京，时相过从。父亲1950年1月2日的日记中只有两行字：

十点梁思成先生来电，约四点半见。
谈爱丁堡城中国历代都市设计"人民首都"。

这个时期，梁、林两位先生正在带领清华大学营建系近十位教师组成的设计小组投入国徽的设计。父亲亲眼看到他们是怎样在家里工作的：进到房间环顾四壁，一条又一条灰布的条幅从屋顶垂下来，正是一幅幅在构思中勾画的国徽草样，在满墙壁条幅的围绕中的是病榻。林先生患肺结核多年，伴有吐血，梁先生也时有抱病在床。设计小组就在家中夜以继日地讨论修改图案，1950年6月全国政协国徽方案审查组评选时，梁、林两位先生都病倒了，由设计小组成员兼任秘书的朱畅中代表出席。最后由梁、林两位主持的清华大学设计方案中选，1950年9月20日国徽图案正式颁布。

不仅是国徽设计，林徽因先生还付出了很多心血挽救濒于失传的景泰蓝工艺和设计。为了解决一个与设计有关的问题，她想参考一本英文写的关于印度艺术的书。清华大学没有，要父亲到燕京大学图书馆找。父亲借到了，为她送去，她高兴得不得了，躺在病床上给父亲讲历史上中外艺术交流的情况。后来林先生搬家，这本书找不见了，父亲向燕大图书馆说明情况，图书馆负责人听完申述后，只说了一个字："赔！"这位负责人正是梁启超次女、梁思成的妹妹——著名图书馆学家梁思庄。父亲按原价的三倍赔付了，这事当然没有让林先生知道。

1950 年 1 月 8 日，梁思成教授约父亲在清华大学土木工程馆为北京营建学术研究会讲"北京的地理背景"。1950 年 1 月，"北京都市计划委员会"正式成立。梁先生正是承担这项艰巨任务最深孚众望的人选，他推荐父亲作为委员之一。父亲为都市计划委员会开展兼职研究的第一项任务，就是研究首都新定文教区的地理特点及其开发利用的条件。父亲感到学有所用，十分兴奋。

1950 年秋学期，梁思成教授在清华大学营建系开创"市镇概论"系列讲座，约父亲到营建系兼课，开授一门有关城市历史地理的新课《市镇地理基础》。10 月 22 日，按照梁思成教授的安排，父亲以"海淀附近的历史地理"为题，为清华大学营建系师生作汇报，林徽因教授也抱病前来。梁先生建议父亲在进一步加工后，为都市计划委员会的工作人员再讲一遍。于是，11 月 22 日父亲便以同样标题向都市计划委员会报告。

在都市计划委员会的工作中，父亲切身地感觉到，为了使建筑学家和规划工作者更易于了解北京历代城址变迁，最好是利用历史地图的形式加以展示。为了进行这项工作，首先需要有一位专职的绘图员，他考虑向中国科学院申请资助，并希望思成教授予以推荐。当父亲向梁先生报告这一设想时，立刻得到了他热情的支持。1951 年 5 月 18 日，梁思成教授以清华大学营建系主任和都市计划委员会副主任委员的双重名义亲笔写了推荐信。

母亲看了信，又十分欣赏那清秀的字迹，竟连同思成先生的签名和图章，照样临摹了一份，珍藏起来。然而相继而来的运动和高校院系调整，完全打断了图集的编绘工作。

1972年，父亲从江西干校返回学校四个月，白天上班时间绘制地热科研组怀来考察的图表，晚上十点后撰写《北京的历史地理》。终于在1987年《北京历史地图集》第一集出版了。父亲抱憾不已的是，思成先生早已离开了人世。

（《作家文摘》2018年总第2162期，摘自2018年5月10日《南方周末》）

凌叔华的两碗打卤面

· 罗青 ·

第一碗打卤面

我第一次拜访凌叔华先生是 1974 年 8 月初。那年我刚结束西雅图华盛顿州立大学比较文学的学业，准备先游历美国，然后环游世界再回到台湾。临走前，我到三年前先后与我一起移居西雅图的梁实秋先生处辞行。梁先生知道我会经过伦敦，特别把凌叔华的地址电话找出来抄给我，写了简短一封信，要我务必代为拜访问候转交。梁先生说："你是张秀亚在辅仁的学生，是代表台湾故旧登门拜访的最佳人选，一定有得聊。"

凌叔华 20 世纪 30 年代在北京与张秀亚因写作结缘；抗战初期，居武汉大学珞珈山，与苏雪林、袁昌英有"珞珈三杰"之誉。1947 年随夫婿陈源旅欧后，与寓台老友仍保持一定的书信来往。到了伦敦，我打电话说明来意，她立刻表示欢迎，约好次日午睡后四时见面。

亚当森路是 20 世纪初伦敦艺术名流群聚之所，一排维多利亚式的三楼联排别墅中，外墙上有蓝底白字的圆形古迹标示牌的，便是凌先生的住处。

凌先生打扮整齐，备好茶点，转身坐上沙发，开始与我亲切聊天，好像面对许久不见的晚辈一样，一点也没有生疏感。

"唉，这几年，英国每况愈下，百物起价，通货膨胀，这儿罢工，那儿罢工，接连不断！"

我正准备接腔，不料她又急切地说："你回去告诉你们梁先生，我写信多少次，要他来，他一辈子翻译莎士比亚，研究英国文学，居然没有到过英国，实在说不过去。"她举杯示意我喝茶，一面戴上眼镜拆开梁先生的信笺一面说，"快叫他来看看，大英帝国都快没落完了，再不来，就什么也看不到了，现在的年轻人，一点样子也没有，以后，只有更糟。"

看完信，她摘下眼镜，理了理头发，高兴地说："这里能谈文学的很有一些，但能说说中国画的，实在少之又少，你会画画，还进过溥二爷的寒玉堂，算是难得的机缘。"

"我外曾祖是广东名书画家兼收藏家，父亲是康有为同榜进士，做过北京市市长，酷爱绘画。我自小就爱画画，八九岁时，与兄弟姊妹一起入日本京都读书，后因弟弟在出游瀑布名胜时，不慎淹死，才回国继续念三年级，不久又去日本读书，仍住京都，拜桥本关雪为师，还得缘认识了竹内栖凤。"

"后来回北京，在家里常见到齐白石、姚茫父、王梦白、萧屋泉、金拱北、陈半丁、陈衡恪，出入来往，这些都是当时的名画家呀！"说着说着，她起身到卧房去拿出一张扇面花卉，要给我看。我眼尖，远远一瞥，认出是赵之谦，不免卖弄地断言："赵搗叔的没骨花卉，笔法用色得自任熊，任伯年不过是他们二大家的余绪罢了，这件东西，底子这么好，实在难得。"

凌先生听了大感惊讶，眉开眼笑地对我说："看来你还真会看画，来来，我们多聊一会儿，今晚上就留在我这便餐吧，我给你下面吃。"

谈起书画来，凌先生兴致颇高，讲到在巴黎 Cernuschi 美术馆的画展，更是眉飞色舞，翻出许多资料，还把她的 *Ancient Melodies*（《古韵》1953 年）拿出来，给我看其中的插图，怀念弗吉尼亚·伍尔芙给她的鼓励。二次大战后，联合国教科文组织在巴黎开课，请全世界最有名的学者讲课，英国汤恩比，中国赵元任、晏阳初都到了。

"我得了奖学金去上课，一日在花园中散步，汤恩比从后面把我叫住，陪他一起闲聊，并郑重对我说：'未来天下由中美苏三分，英国无足轻重矣。'他死前仍如是在广播上说。我起先还将信将疑，现在看到尼克松、基辛格跑到北京，这里报纸说是美国去向毛 'kowtow'（源自广东话'叩头'），真叫他言中了。"

吃面的时候，打卤非常丰富，肉丝、笋丝、香菇丝、胡萝卜丝加蛋花，红红黄黄黑黑白白，十分香醇可口。凌先生坐了下来，拿起筷子，看了看我的面碗，又放下了，说给你再加一个卤蛋吧！一边起身朝冰箱走去，一边自豪地说："我的卤蛋，可是有名的，一般人想吃还吃不到呢！"

第二碗打卤面

时光荏苒，匆匆过了十一年后，我在英国停留一周，遂打电话问候凌先生。她在电话中高兴地说："这次你可以三点钟来，没别的，爱吃我的面，晚上咱们依旧下面，一起晚餐。"

大约已视我为旧识，凌先生午睡过后，无暇更衣打扮，十分亲切随意地开门迎我入座，高兴地拿出了一本《联合文学》，给我看她去年发表的《一个惊心动魄的早晨》（1984 年），当时我们都不知道，这竟然是她最后的一篇小说创作。

话匣子一开，她开始回忆怀念台湾的苏雪林与张秀亚，准备好一包礼物，是两大瓶鱼肝油丸，解释说玻璃瓶邮寄易碎，托我返台转交给住在台南的苏大姊；又拿出张秀亚老师前不久寄来的书简给我看。我说："张老师自幼精熟赵松雪的正草千文，下笔龙蛇，草法严谨，有丈夫气，等闲不学之辈，实在无法读懂，与其婉约平易的文风，大相径庭。"凌先生听了，马上比赛似的，拿出了她 1959 年的行草旧作"大江东去浪淘尽千古风流人物"，让我欣赏。果然，用笔拙重老辣，不让须眉，似乎更胜一筹。

讲起"千古风流人物"，凌先生最不能忘情的还是徐志摩，说徐志摩与她无话不谈，最为知心，在飞机失事前，曾有一口箱子寄存在她手上，其中有日记、信件及《爱眉小札》等。后来胡适问她要，她没给。在汉口时，有一位女教授来求徐之日记，要做研究用，因为日记中有几段提到他俩在伦敦邂逅之情，所以她把其中要紧的两页撕去，方才出借。最后，箱子还是归了胡适，可是胡却忘了写入日记中，成了一段"公案"。

上次我来，手上没相机，临时买的柯达拍立得，照片质量不佳，废片不少。这次带着好相机，不免多拍了几张。"也就是你，平常来人，我是不让拍照的。"凌先生拢了拢头发说，"上次不知怎的让你拍了，这次也就拍吧，人老了，真不上相。拍完了不要寄给我！"

吃面的时候，我发现饭桌上铺了全新的南通蓝印花布，不免夸赞了一番。凌先生高兴之余，忽然想起来说："去年，从香港来了一个你们台湾名画家刘国松，说还是系主任，搞半抽象山水的，狂傲得很，跟我说要革国画的命，给他看这些收藏，居然一窍不通，真是大老粗一个。想想我的卤蛋，才不给他呢！"她转身走向冰箱，"你今天沾他的光，可以吃两个。"

（《作家文摘》2017 年总第 2065 期，摘自 2017 年 8 月 17 日《南方周末》）

启功和父亲俞敏的哑谜

·俞宁·

远离父亲和启大爷的专业

前不久我写了两篇文章——《启大爷》（启功）和《我的父亲俞师傅》。有些朋友感叹我是多么幸运，才能得到这样两位大学者教诲。我当然承认自己幸运，但是朋友们或许不知道我这种幸运也有另一面，那就是如山的压力。

从十九岁到二十三岁这五年时间里，我在北京市西城区长安街房管所做瓦匠，为管片内居民修补旧房。劳动虽累，但能切实感到人们需要我的工作、自己是个有用的人。于是，我凭着对古诗词的热爱，一边劳动一边诌了四句："少罹磨难甘卑事，越脊攀房匠亦侠。陋巷泥颓阴雨后，几家唤我备灰麻。"写下来仔细看，觉得说出了自己的真实感情，词语还算雅驯，平仄也符合要求。

下班后我兴冲冲地把自己的新"诗"拿给父亲看。不但没得到期望中的夸奖，还受了短促的训斥。心有不甘，就拿到启大爷（启功）家里，再请他看看。他看了摇摇头，问："你爸看过了？"答曰"是"。又问："骂你了？"再答"是"。接着问："怎么骂的？"答："他说'什么乱七八糟的？韵都没押上！'"启大爷笑着说："得，这下我想骂你都没词儿了。"随手翻出《佩文韵府》指着某页说："看见没有？'侠'字是入声，押十六叶，不押六麻。"这样的指教虽然使我弄明白了几个字的韵部，却也使我丧失了写旧体诗的热情。

到了1977年恢复高考，我决然弃考中文系而投考英文系，部分原因是让父亲和启大爷二位吓怕了。落第后再试，终于在1978年如愿以偿，成了英文专业的学生。本科毕业后留校教了两年公共外语。服务期满，考上了北京外国语大学英美文学专业的研究生。这样更远离父亲和启大爷的专业。

两位长辈的礼物

开学不久，接到两位长辈的礼物。启大爷的礼物放在一个大信封里，是周振甫先生在人民文学出版社出的《文心雕龙注释》，扉页上写着"启功先生指正周振甫"。父亲的礼物包在花花纸里。打开一看，是杨明照先生在上海古籍出版社出的《文心雕龙校注拾遗》，扉页上写着"俞敏先生正讹杨明照（加印图章）赠一九八四年十月"。

因为两件礼物几乎是同一天交到我手上，根据礼物的内容，我有理由怀疑两位长辈是谋划好了之后共同行动的。二老联手，耍傻小子，当然是他们最直接的乐趣。但此外总是另有深意。因为经常授受这两位智商极高的长辈的"关怀"，我逐渐练出了特殊的思维方式：这绝不是普通的礼物。用父亲的话说，这叫 charade（打哑谜）。

我首先按父亲那套严格的逻辑思维推测：我考上了当时号称"亚洲最好的"英文系，为什么不送我《牛津字典》而要送《文心雕龙》？为什么二老要送我同一部书的不同版本？为什么二老不去新华书店各买一部送给我，而要把校注者赠给他们的样书转送给我？这就是二老常说的"遇事先要想进去"。结论是他们提醒我不要数典忘祖。

下一步是用启大爷弃常识、逻辑如敝屣的方法进行推测。结论：你连汉字都读不明白，去学什么英美文学，靠谱吗？我暗下决心：不靠谱也得去，否则让你们老哥儿俩挤对得无处容身。

这是启大爷鼓励我朝自己的目标努力。他的方法一般人是摸不着头脑的。

"游必有方"

1985 年秋末，父亲对我的关心到了一个临界点。我和哥哥同时申请到美国留学。哥哥的专业是国际金融，比较有前途，申请奖学金的希望也比较大。而我的专业是英美文学，中国人去这个专业，录取的概率不可能高。奖学金的希望更是渺茫。所以开始的时候父亲并没在意。到了冬天，我们的申请陆续有了回音。此时母亲开始不安。在她眼里，大儿子插过队，吃过苦，出去闯荡她是放心的。小儿子从来没出过北京城，一下子去万里之外，她不愿意。父亲嘴里不说，但他安慰母亲说，录取了也没用。人家不会给一个中国人奖学金去学英美文学的。

世事难料，到了1986年春季，学校来了消息，我们兄弟二人双双得到了奖学金。父亲沉默了几天，突然对我说："你申请出国深造，按道理我不该阻拦你。但是有几个规矩你必须遵守，如果不能，就不要去了。"他接着说，"第一，你出国学习英美文学，不管多难，念不下去了就回来，绝不能转行去学汉学。那样做等于宣布我和你启大爷教不了你汉学，而那些中国话说不利落的洋人汉学家却能教你。我们丢不起这个脸。"我当场点头应允。"第二，"父亲接着说，"你不要转行去学什么'中西比较文学'。你两方面的知识都是半吊子，怎么比较？那不过是找容易出路的借口罢了。"

这下说中了我的要害。我心里有应急的计划，如果英美文学实在啃不动，就换个学校读比较文学。父亲把我挤在这里，我为了得到他的放行，只好硬着头皮承诺。于是父亲再说第三点："你既然自己选择了英美文学，就得坚持到底，把人家的东西学深、学透。出来找不到工作，就回国。中国那么多英文系，总有你一碗饭吃。"哈哈，这才是他的真实目的。还是希望小儿子留在身边。

到了美国，我努力不违父命，在英文系里埋头苦读七年，终于在 1993 年获得了英美文学博士。经过三百个博士申请一个助理教授职位的激烈竞争，居然在一所州立大学获得了一席之地，主讲美国文学和西方文艺理论。并在此得终身职，提副教授、正教授，一直干至今天。

从出国那年算，到现在正好三十年整。子曰："父母在，不远游，游必有方。"我于父母渐老的时候做万里之游，不但去了一个让父母放心的地方，而且一直按照父亲制定的方案认真治学，老实做人。算得上"游必有方"了。

（《作家文摘》2017 年总第 2026 期，摘自《博览群书》2017 年第 4 期）

我与钱锺书通信往事

·许渊冲·

"诗是在翻译中失掉的东西"

1952 年高等院校调整，钱锺书先生调北京大学，后调中国社会科学院文学研究所，又借调到《毛泽东选集》翻译委员会，同时借调的有金岳霖、王佐良、熊德威、王仲英等人。

熊德威是我的表弟，王仲英是联大外文系 1946 年毕业生，曾任人民文学出版社英文组组长，后来在洛阳外国语学院和我同事。他告诉我，金岳霖翻译《毛选》时，碰到一句成语"吃一堑，长一智"不知如何翻译是好，只好问钱锺书，不料钱锺书脱口而出答道："A fall into the pit, a gain in your wit." 形音义三美俱全，令人叫绝，金岳霖自愧不如，大家无不佩服。

1976 年初，我在洛阳外国语学院时，报上发表了毛泽东词

《井冈山》和《鸟儿问答》，还有外文出版社的英译文。有人告诉我："这两首词是钱先生翻译的。"我看译文远不如"吃一堑，长一智"翻得好，就写信去问钱先生，并寄去我的韵体译文，请他斧正。2月26日后得到他龙飞凤舞的亲笔回信：

> 惠书奉悉，尊译敬读甚佩，已转有关当局。我年来衰病不常出门，承命参与定稿，并非草创之人。来书云云，想风闻之误耳。

我又把英译《毛诗》寄给钱先生看，要听听他的意见，得到他3月29日的英文回信。

钱先生称我为"许君"，内容大意是说："谢谢你给我看你成就很高的译文。我刚读完。你带着音韵和节奏的镣铐跳舞，灵活自如，令人惊奇……你对译诗的看法很中肯。但你当然知道罗伯特·弗洛斯特不容分说地给诗下的定义'诗是在翻译中失掉的东西'。我倒倾向于同意他的看法。无色玻璃般的翻译会得罪诗，而有色玻璃般的翻译又会得罪译。我进退两难，承认失败，只好把这看作是一个两害相权择其轻的问题。根据我随意阅读五六种文字的经验，翻译出来的诗很可能不是歪诗就是坏诗。但这并不是否认译诗本身很好。正如本特莱老兄说的'蒲伯先生译的荷马很美，但不能说这是荷马的诗'。你也许听说吴达元教授去世的消息。老同学又少一个！"

钱先生在信中提到的吴达元教授是我西南联大时期的法文老师，他用英文讲解法文，要求严格，一年之内讲完了法文文法。后来我步钱先生的后尘，去了英国、法国，出版了古诗词的英法译本。回想起来，不能不感谢钱、吴二位先生给我打下的英法文基础。

"如不合用，弃掷可也"

1978 年底，洛阳外国语学院出版了我翻译的《毛泽东诗词四十二首》英法文本，我寄了一本给钱先生。后来刘新粦又调去广州暨南大学。我就写信给钱先生，问问有无可能调去北京，得到他 1980 年 1 月 23 日的回信如下：

> 屡承惠寄大作，极感，未复为歉。我赴欧赴美，皆非为讲学；亦因无学可讲，故 Princeton 等二三大学来函邀我今年去走江湖卖膏药，亦一律坚辞矣。新粦等他去，足下更如擎天之玉柱，校方决不放行；他校商调，亦恐如与虎谋皮！我衰朽日增，一月前牙齿尽拔，杜门谢事。《围城》英译本去秋在美出版，俄文本译者去冬来函亦云已竣事，辱问以闻。

钱先生信中谈到赴欧美的事，是指 1978 年去意大利出席第 26 届欧洲汉学会议，发表《古典文学研究在现代中国》一文，及 1979 年参加中国社会科学院代表团去美国各大学的访问。信中谈到的《围城》英译本，是指 Jeanne Kelly 和茅国权

合译的 *Fortress Besieged*，据说原书很多妙语没有翻译出来。

1982年陕西人民出版社计划出版我译的《汉英对照唐诗一百五十首》，要我请钱先生题签，我就去信请他为《唐诗》和《唐宋词》两书题写书名，得到他加盖了"钱锺书默存印"的题签和下面的回信：

> 去冬得函，适以避地了文债，遂羁奉复，歉甚。属题两签，写就附上，如不合用，弃掷可也。献岁发春，敬祝撰译弘多，声名康泰。

得到钱先生的题签，我高兴得不得了，立刻把《汉英对照唐诗一百五十首》那一张寄去西安，出版社回信说：还要补写"许渊冲译"四字。我不好意思再麻烦钱先生，就把信封上的名字加上信中剪下的"译"字寄去；信封丢了，不知道信中的"去冬"是指1981年还是1982年，也不记得月份，只好放在1982年信的后面。至于《唐宋词》那一张，我寄去了上海，后来得到出版社回信，说是征订数字不够，不能出版，题签也弄丢了，真对不起钱先生，但是书却改由香港出版。

"傻瓜的头是不会白的"

1983年8月，我来北京大学西语系任客座教授，为研究生讲"唐宋诗词英译"课。

我同内人照君去三里河拜访钱先生。他一见照君，可能是想起了五十年前我上他的课时，喜欢坐在漂亮的女同学周颜玉旁边，就开玩笑似的问我："你这个漂亮的夫人是哪里找到的？"我告诉他照君原是外国语学院的学生，1948 年参了军。

我见钱先生不像七十多岁的老人，头发也没有白。他就笑着用法文说："傻瓜的头是不会白的。"我赶快说："那么，天下就没有聪明人了。"接着，他告诉我，他在社科院只是个挂名的副院长，一不上班，二不开会，三不签阅文件，所以头也不白，但是对我调动的事无能为力。

我就谈到北京大学的情况。钱先生说："现在有一个 value（价值）和 price（价格）不平衡的问题。价格高的人见到价值高的人就要退避三舍。"我们也讨论了译诗传真和求美的矛盾，钱先生说："这个问题我说服不了你，你也说服不了我，还是各自保留意见吧。"可见他的学者风度。

说来也巧，那时北京大学新成立了一个国际文化系，正找不到教授，于是我就转去教"中西文化比较"和"中英互译"课。1984 年西安出版了我英译的《唐诗一百五十首》，中国翻译公司又出版了我《翻译的艺术》论文集，我各寄了一本给钱先生，得到他 1985 年 4 月 16 日的来信：

奉到惠赐尊译唐诗及大著论译两册，感刻感刻。二书如羽翼之相辅，星月之交辉。足征非知者不能行，非行者不能知；空谈理论与盲目实践，皆当废然自失矣。拙字甚劣，佛头着秽，罪过罪过。

钱先生信中说到的星月，自然是客气话。但是谈到知行关系，却是真知灼见，切中时弊。

1986 年北京大学举行首届学术研究成果评奖，钱先生题签的《唐诗一百五十首》得到了著作一等奖。我写信告诉他，并且感谢他在一片批评声中对我的支持鼓励。

1990 年底，钱先生八十大寿，我送上北京大学新出版的《唐宋词一百五十首》一本，并且写上"恭贺八十华诞"字样，得到他 12 月 16 日用钢笔写的回信如下：

> 奉到惠赐新译，贱辰何足道，乃蒙以大作相馈，老夫真如欺骗财物矣！谢谢。《×××研究》本期有尊著一篇，多溢美失实之词，读之愧汗。抽函示众，尤出意外；国内写稿人于此等处尚不甚讲究，倘在资本主义国家，便引起口舌矣。一笑。

钱先生每次收到赠书，都来信道谢，这次八十寿辰献礼，他反说是"真如欺骗财物"，可见他多么不喜欢过生日祝寿这些俗套，也可见我多么不理解他对"不明不白的冤钱"的厌恶心情。

（《作家文摘》2018 年总第 2106 期，摘自《档案春秋》2017年第 12 期）

张乐平伯伯

· 王龙基 ·

父子般的友情

1992 年 1 月 26 日，张小兰告诉我"张乐平病危"，我吓了一跳。

前几天我刚去华东医院住院部看望过乐平伯伯，还帮他剃胡子。当时我讲：伯伯的性格十分耿直倔强，他的胡子如同他的人一样又粗又硬，用了两把电剃刀，换了四节电池，好不容易才把满脸胡子消灭了大半。伯伯还笑眯眯地讲"过几天要回家去住了"，怎么几天不见竟然会……

当天我就赶到医院，推开病房的门，我呆住了：乐平伯伯双目紧闭，鼻孔里插着两根管子，其中一根是人工肺呼吸管，伸出的手臂上插着急救的输液管。因为饭呛到肺里，他得了吸入性肺炎……看到乐平伯伯那瘦弱又呈现出难以忍受的痛苦表情的面庞，我的泪水夺眶而出。

乐平伯伯和我父子般的友情已超过半个世纪。以前因生活贫寒，他患过肺结核，新中国成立后治愈了。"文革"后，老病根逐渐成了肺气肿，加上糖尿病，身体每况愈下，本来红润的脸逐渐消瘦。我经常去看望他。乐平伯伯全家九口人，伯母姓冯名雏音，尽管是严重糖尿病人，但她十分能干，思路敏捷，条理清楚，乐平伯伯的大小事情全由她安排。在她枕头下放着三个笔记本，记事、记通信地址，把乐平伯伯的衣食住行及社会活动安排得井井有条。伯母每次见到我总喜欢说："四十多年来，龙基总来看望我们，就像是我们自己的孩子。"乐平伯伯一共有七个子女，所以小时候，他们都叫我三毛哥哥。

"就是我想象中的三毛"

1948 年至 1949 年，在我从试镜到拍电影《三毛流浪记》的整个过程中，乐平伯伯都常和我在一起，他还不时送我他画的三毛漫画。他曾多次给我讲述他画三毛的最初冲动——

那是在 1947 年初的一个寒冷夜晚，刺骨的北风呼呼地吹，夹着鹅毛大雪把上海染成一片银色。乐平伯伯在一条弄堂口，看到三个十岁左右的流浪儿，他们用破麻袋紧裹着身体，赤着一双脚，紧紧围抱着一只白天烘山芋的炉子，他们不停地踏着脚，鼓着冻红的腮帮吹着即将熄灭的火，就靠那一点儿火星取暖。乐平伯伯是没有能力帮助他们的，这种景象比比皆是。那时伯伯居住在嘉兴，到上海是借住在他堂弟家。第二天一早，他又走过那条弄堂，他看见两具已经冻僵了的小尸体依然伏在炉旁，他们的小手还伸在早已熄灭的炉壁里……乐平伯伯久久地站立在那里，望着那凄凉的景象，从心底呼唤！他脑海中显现出三毛的形象。就这样，他开始了《三毛流浪记》的创作……

每次乐平伯伯总是含着泪讲述，我总是流着泪听。

1948年初，阳翰笙伯伯将《三毛流浪记》改编成电影文学剧本。本来计划由陈鲤庭伯伯担任这部电影的导演，因为当时他执导的电影《丽人行》还没有停机，还因他自己感觉对儿童影片不十分熟悉，所以就请当时他的助手赵明和刚从演剧队来的严恭担任导演。

鲤庭伯伯把寻找三毛演员的任务交给严恭。一天严恭叔叔路过昆仑电影公司门口，看见我和两个大孩子趴在地上打弹子。当时我才八岁，刚拍完石挥叔叔导演的电影《母亲》。偏偏我赢了，而两个大孩子欺负我小，输了不给我弹子。我急了，论理不成便抡起拳头就打，结果是我一个小的战胜了两个大的孩子，把弹子拿到了手。这引起了严恭叔叔的兴趣，他细看我大脑门、细细的脖子、大眼睛，加上那股倔强的劲头，真有几分像漫画上的三毛。

为了让当时昆仑公司艺委会的阳翰笙、郑君里、陈鲤庭、史东山、蔡楚生、沈浮伯伯们审定，赵明和严恭叔叔想让我外形更贴近人物，便给我剃光了头发。开始我死活不肯剃，他们按图索骥——按漫画三毛的造型给我化装，让我披着破麻袋，赤着双脚，污着脸试镜头。

乐平伯伯高兴地讲："这就是我想象中的三毛形象。"

一起度过的电影拍摄时光

电影开拍前我就和赵明、严恭叔叔一起住到中电二厂（现大木桥）一间不大的房间里。因为我小时候十分顽皮，又不容易受拘束，所以我们还签订了一份"合同"，他们一本正经地签名盖章，而我当时没有图章就签名按了手印，约法三章，约束我按时作息，遵纪守法，认真专注地进行拍摄工作，"合同"就贴在我床边的墙壁上。乐平伯伯经常在那间小屋给我讲他的"漫画三毛"的故事。

三毛的造型是按照乐平伯伯漫画设计的，那蒜头似的圆鼻子是用泡泡糖做的。而那三根毛，其实是用外面粘着毛绒的三根铜丝贴在橡皮膏上，然后再贴到我的光头上造成的"三撮毛"。

在电影拍摄过程中，乐平伯伯经常在摄影棚，时而是名观众，默默站立在一旁观看，时而又是一位编导，在现场指导启发。其中许多时光是和我一起度过的。当时的电影杂志《青春电影》记者给我拍照时，就是乐平伯伯陪伴着我，一起选了一堆圆木做背景，拍了不少照片。他还把自己的一顶法兰西帽给我戴。那张照片成了《青春电影》的封面。

1949 年 9 月，当上海六大电影院同时头轮上映《三毛流浪记》时，还有一场隆重的义卖活动，乐平伯伯画了六幅三毛漫画印成贺卡，我和大明星们一起在电影院门口签名义卖。

1981年，我带小儿子王旻淦去看望伯伯，他望着旻淦笑眯眯地对我讲："长得太像你小时候了。"他把刚再版的《三毛流浪记》《三毛从军记》送给我，还不顾手指颤抖，花了许多时间画了一幅彩色三毛送给我，题上了"龙基弟留念"几个字，还盖了一颗红印章。这幅画我托人裱好一直挂在家中墙上。

20世纪90年代初那几年，乐平伯伯总有一半时间要在华东医院度过，我经常看望他老人家。一次我去病房，见床空着，我便一间一间寻找过去，后来在电视室里找到了他。他穿着洁白的病人服，坐在一把藤椅上，双手托着头全神贯注地看着电视新闻。我站在旁边凝望很久，他那神态，不像是一位老者，而像一个天真儿童。

1987年的春天，乐平伯伯兴致很高地让我扶着他从华东医院的一楼走到四楼，他把挂在每层楼梯口他画的三毛漫画指给我看，告诉我每张画的神态区别。他最满意二楼那张，于是拉着我在那张画前合了影。

在我的日记本里，还保存着乐平伯伯画的两个三毛头像。那天，他刚喝过二两白酒，心情很好，他随手拿过一张纸，教我怎样画三毛的轮廓，三根毛应该如何用笔，着力点在什么地方。他一边在纸上画一边对我说："龙基，你不要看三毛就这么几笔几画，其实每一笔、每一画都充满了三毛的喜怒哀乐。"画着画着，他手又抖了起来，他对我说，等他手好一些，就画一张我的肖像素描。后来他又提过很多次，却总因手抖没有如愿。1991 年底我去医院看望伯伯时，他还没有忘记这件事，他对我说："过几天我身体好些，回家去住，我给你画肖像。"

（《作家文摘》2018 年总第 2161 期，摘自《上海采风》2018 年第 4 期）

陪干爸周有光聊天

·金玉良·

每周一次的约定

二十多年前，我有幸结识了语言文字学家周有光先生，这还要从他的妻妹张兆和阿姨（沈从文夫人）说起。

20世纪90年代初，我到中国作家协会老干部处工作，张兆和是中国作家协会离休干部，是我的服务对象。当时她八十多岁，是离休干部中年龄最长者。我常去陪伴她，帮助她办理诸如报销药费、给她送去单位发的钱和各种物品等事务。我们常被不了解情况的人误认为是母女。对此她也不否认，她还将我介绍给她的几个弟弟、弟媳妇和二姐（张允和）、二姐夫（周有光）认识。允和阿姨还要我叫他们夫妇为干爸、干妈。

二十多年来，不论酷暑还是严寒，都阻挡不住我每周一次去干妈家的约定，陪他们聊天增长见识，听他们讲故事开启心窍。我还是周有光先生"公民教育课"的关门弟子。从先生那里，我知道了什么是"三权分立"、什么是"三大自由"、什么是"R2P"（保护人权的责任）等。

2015 年 8 月 29 日，我去后拐棒胡同看望一百一十岁的周有光先生。那时，我因脚踝意外受伤，已许久未见到老先生，是二十年来间隔最长的一次。这中间发生了许多事。年初，周先生独子周晓平永远离开了父亲。周晓平是孝子，虽然自己年过八旬，外孙也已长大成人，但在一百多岁的父亲面前，永远像个小孩子，随叫随到，恭恭敬敬。

对于周晓平的病逝，亲友担心老人承受不住这巨大的打击，在告知老先生之前，做了必要的急救准备。确知儿子病逝的结果，周先生的情绪还算平静、安稳。但大家心里明白：表面平静，内伤却是致命的。不出预料，随后，先生因发烧住进北京协和医院高干病房。入院未几，突然胃部大出血，危在旦夕。幸好周先生奇迹般地脱险，休养之后，出院回家。

那天上午十点半，我如约进门，周先生正躺在沙发上睡觉。过了一会儿，保姆小田唤醒并扶先生起来。小田在他耳边大声说，金大姐来看您。周先生眯起眼睛看了好一会儿，问我："你还好吧？"并用手示意——耳朵听不见，接着，两只大拇指弯一弯，表示欢迎。保姆给他装上助听器，周先生说："可以谈话了。"他像往常一样很平静地说："一百岁以后，老得特别快，记忆力退化厉害。思维和理解力变化不大，脑子还没乱。脑子乱，就没用了。"

我坐在周先生身边告诉他："年前，我把脚摔坏了。一直没来，放心不下。"老先生说："我很好！"

仍然在独立思考

两人谁也没谈那些伤心的事。沙发对面书架上有一本《舍我其谁：胡适》，我顺手拿起来，问先生："还能看吗？"先生说："耳朵越来越不灵，眼睛换了晶体，可以看书、看报。这本（书）内容没看，书名不好。我认识胡适，人非常好，很谦虚。这个题目（书名）不符合胡适的为人，胡适没有'舍我其谁'的思想。胡适温文尔雅，是谦谦君子。他大力提倡'自由''民主'，但不盛气凌人。我们学术观点不同，公开写文章辩论，私下里还是朋友，有困难仍然尽力帮忙。比如和陈独秀、章士钊的关系，观点归观点，友谊归友谊。"

周先生经此一场大病，身体非常虚弱，几乎什么也不能吃，全靠喝医院配制的营养液。人很瘦，一点力气也没有。保姆扶他起来时，坐姿不对，裤子压在一边不舒服，老人几次想借助手的力量调整一下，可身体怎么也不能从沙发上撑起来。我在一旁干着急，帮不上忙，只好喊保姆过来重新扶他坐好。

保姆说，周爷爷在床上自己翻身，一次翻不过来，就用力一滚。翻过去了，很高兴。实在翻不过去，就喊，"帮帮我"。两位保姆把老先生照顾得非常好，其中一位在此已工作十七八年，周先生视她为家人。保姆几次有病住院，都是周家爷爷奶奶从生活和经济上给予照顾和资助。反之，保姆也把周先生看作自己的亲爷爷。

周先生仍然干干净净、清清爽爽。他不时用肿胀的手拿起白手帕，轻轻沾沾嘴角。陪先生聊了半小时，怕他太累，便起身要走，先生却说，"再坐坐"。二十分钟后，我再次起身准备走，周先生不舍地说："多坐一会。"对于老人的依依挽留，我心生歉疚。十三点了，我不得不向老先生告辞。周先生微笑着两手合起来向我拱手，我与他拉拉手，示意我会经常来。保姆说，爷爷这次病后不大说话，从没聊过这么长时间。

回家的路上，心中酸楚，思绪万千。七十多年前，周先生的女儿小禾夭折后，儿子晓平在家门口被流弹击中。腰间穿一洞，小肠打三孔，大肠打一孔，并伤一处，共六处破损。儿子生死攸关，周氏夫妇几近崩溃。周先生在教会学校读书多年，但没有信教，他是无神论者，但不反对宗教的存在，更不否定宗教的社会作用。女儿死后，他不能自拔。周先生在朋友劝说下接受洗礼，但没有做过祈祷。那次，他在极度痛苦中寻求宗教的慰藉，为晓平第一次做了默默的祈祷。

随着脚伤逐渐痊愈，我又能经常去看望老人了。周先生的病体也在好转，见面之后，一如既往谈热点新闻。谈"亚投行"、叙利亚、ISIS、欧洲"难民潮"、巴黎市区恐袭案、美国的经济复苏……

一百一十岁的周有光先生，仍然在独立思考。先生的思维仍然睿智精深。

（《作家文摘》2016 年总第 1999 期，摘自 2016 年 6 月 16 日《经济观察报》）

杜宣欠我一杯咖啡

·刘心武·

　　1981年，中国作协派三人组成的代表团去日本访问，杜宣为团长，我为成员之一。

　　去之前，一位"发小"跟我说："你不是喜欢《上海屋檐下》吗？嘿！记得那剧情吗？一位革命者把妻子托付给朋友，几年后回来找妻子，发现妻子已经跟那朋友同居了！"

　　我当然记得那个话剧，我上中学的时候，中国青年艺术剧院演出过，那是部群戏，但革命者、其妻、其友确实是其中最勾人思绪的三个角色，都是好人，都不得已，最后革命者为了成全另二位，悄然离去。但那是夏衍编的剧，"发小"提它作甚呢？

　　"发小"就告诉我："那就是用杜宣跟赵丹他们的事情编的！"

　　当时我竟信以为真。后来查了资料，我才知道夏衍那个剧本早在1937年就写出了，赵丹1939年去新疆以前还在重庆演过这部戏。"发小"的说法虽然不对，但对于赵丹来说，确实也是"一戏成谶"。他和两位朋友 1939 年夏去往新疆，本以为可以在那里开辟新的戏剧天地，不承想却被盘踞新疆的军阀盛世才投入监狱五年。他的妻子叶露茜曾去新疆找他，听到的消息是他已被处决，悲恸欲绝，回到上海后，得到杜宣的慰藉照顾，后来结为夫妻。赵丹获救后回到上海，屋檐下呈现的状况正和他演过的那出戏一样。"人生如戏，戏如人生"，信然！

作协通知我随杜宣去日本前，我与赵丹、黄宗英伉俪已经熟稔，但还没有见到过杜宣，觉得他很神秘。觉得他神秘的另一原因，是我上中学时看过北京人民艺术剧院演出的话剧《难忘的岁月》，编剧正是杜宣。剧中有一场是上海地下工作者在咖啡馆接头，舞台装置在大背景前使用滑轨移出了一家咖啡馆剖面，给我留下很深刻的印象。那时候就知道杜宣的这部戏是根据他的亲身体验编写的。革命者也出入咖啡馆呀！

终于见到杜宣了。跟他密切接触后，神秘感没有消失，反倒增加了。那一年我不满四十岁，杜宣却已经六十七岁了。我之前也见过一些老革命，包括老一辈的革命作家，他们身上，都焕发出一种令我尊敬的土气，其中一位多年在根据地的老作家就跟我说过，他很怕作协派他出国，因为他不喜欢穿西装，更怕系领带。但是杜宣呢，他的革命资历，比说那话的作家还早几年，呈现在我眼前的，却是一身极为合体的西服革履，系很精致的领带，头戴法兰西帽，玳瑁框眼镜，手里捏好大一个烟斗，他浑身的色调，以暗蓝为主，分几个层次，都属于中间过渡色，毫不招摇，却透着高雅。我为出国，开出介绍信，到当时很有名的华都服装店定制了西装，但是站到杜宣边上，我立马就意识到，自己其实还是土得掉渣。

作协那时为什么派杜宣这位老将出马？是因为那次日本的邀请方，不是一贯跟中国友好的左派团体，而是文艺春秋社。

1978年10月邓小平访问日本，回国不久就有中共十一届三中全会的召开，正式开启了改革开放的航程。到1981年春，中国的新局面已然灿然呈现，文艺春秋社感到再不能对中国文艺界采取漠然态度，便主动派员到中国与作协接触，最后发出邀请，作协也就派团出访。杜宣作为"老外事"，经验丰富，善于应对，领到任务，当仁不让，我们随他前往，也就有了主心骨。

飞到东京，到新大谷酒店，先到大堂吧等候分发客房钥匙，邀请方问是否喝点饮料，杜宣先点头。然后，杜宣检视饮料单，推荐几样让我和林绍刚选择，最后他要的咖啡，我们要的果汁。从那一刻起，我觉得杜宣就在身教，昭示我们什么是不卑不亢。

那是我头一回到发达的资本主义国家，头一回置身在那么富丽堂皇的高档酒店大堂，记得大面积的落地玻璃窗外，是日式园林，人造瀑布与朱红拱桥令我目眩。看到杜宣一派气定神闲，我也就绝不惊惊咋咋，只慢呷果汁，暗中观察种种对我而言是初见乍识的陌生细节。

那次我们除了到文艺春秋社本部做客，还去著名的日本作家松本清张家中做客，会见了井上靖、陈舜臣、有吉佐和子、司马辽太郎等作家，在东京观看了歌舞伎，在京都见到了艺伎……杜宣引领我们柔和幽默地向日方介绍改革开放初见成效的中国新貌，特别是文学艺术方面的复苏与蓬勃生机。

我是从那时候才懂得，作家的书不是印得越多越光荣，"畅销书作家"并非一种褒称。松本清张的书非常畅销，他用那些版税造出的别墅宏大而精致，但是他强调自己是得过日本纯文学大奖（芥川龙之介奖）的，以那个为荣。有吉佐和子听说她那本写日本老龄化危机的长篇小说《恍惚的人》在中国一版印了五万还要再加印五万，竟然把桌子一拍，满脸溅朱："谁让你们印那么多的？"她是觉得把她那样一个纯文学作家混同为畅销书作家了，因而愤怒。我和杜宣独处时，告诉他我对此很是惊诧，他就告诉我，出访，就是要多知道些这类的"文化风俗"。

在一次与日本文化人的交谈中，我随机引用了两句唐诗"二十四桥明月夜，玉人何处教吹箫"，又提到更早的关于箫史、弄玉的典故。日方表示，没想到中国青年作家还有这般的古典文化学养。其实，那都是我少年时受家庭熏陶记住的，经历了十年的文化断裂，这些东西已经推压到意识的最边缘了，那天不过是因为话题涉及扬州和吹箫，我偶然忆起，随意道出的。事后，杜宣表扬我，说收到改变日方某些人偏见的效果，鼓励我更好地从民族传统文化中汲取营养，又敦促我学习外语。我发现他既能说日语也能说英语，后来知道他年轻时在日本上过大学，回来在上海洋场从事地下工作，1949 年以后又长期搞对外文化交流，西服革履、法兰西帽、烟斗咖啡、英日口语，都是革命工作的需要。

那次随杜宣访日，于我来说，大长见识，印象深刻。但是就杜宣而言，不过是他繁多综错的涉外活动中小小不言的一次

217

罢了。杜宣信仰共产主义，他从事地下工作时，随时准备着牺牲。他的一些战友就牺牲了，但是他在那样险恶的环境里并没有被敌人逮捕过，不过他在那断裂的十年里，倒坐了好几年监狱。被冤屈囚禁，并没有让他丧失信仰，他乐观地迎来了改革开放。我在随杜宣访日时，没有跟他谈及过信仰，但是我感觉他是一个真诚的人。

在1978年至1988年那十年里，我接触到不少杜宣那一代的老革命，有未脱土气的，也有像他那样颇为洋气的。他们的信仰，概括起来，就是要先改革开放，奔现代化，实现共同富裕的社会主义，并相信经过一代又一代人的努力，最后实现人类大同，也就是共产主义。他们的思维逻辑是清晰的，言行基本是一致的。

直到1994年，我才在上海再次与杜宣见面。那一年他已经八十岁了，看上去却并不显老，依然是西服革履、法兰西帽、玳瑁框眼镜、手握大烟斗。

我说他一点没变化，他笑着举举烟斗，说："这就是变化，完全是道具，不再填烟丝了！"

我告诉他，因为我又去过欧洲和美国，学会喝咖啡了。

他就说："我家里有好咖啡，你来，我请你喝我自磨的咖啡。"

我好高兴，跟他说："我一定去，我还有问题要请教您啦！"

但是，那次在上海，因为未曾预料到的原因，我没能去成他家。有上海的朋友告诉我，两年前叶露茜去世了，杜宣多少有些消沉，常常在淮海路踽踽独行，走累了，便到一家牵动他无数回忆的咖啡厅，点一杯卡布奇诺，一份提拉米苏，默默地坐在一隅享用。

离开上海的时候，我想，反正上海常去，总有机会喝到杜宣亲磨咖啡的。不承想，2004年传来他仙去的消息。

杜宣欠我一杯咖啡。如果我能喝到那杯咖啡，我会向他提出什么问题呢？

我想问的是：从西服革履人类共享这一点，是否可以悟出更多的道理来呢？

（《作家文摘》2015年总第1846期，摘自2015年6月8日《文汇报》）

张君秋：从老师到岳父

· 卢 山 ·

"以后到家里玩儿吧"

母亲是京昆票友，自幼受其影响，我爱上了京剧旦角艺术，在幼儿园演唱过《思凡》片段，中学时期文艺会演，彩唱了一出《女起解》，还获了奖。

20世纪50年代初，从收音机里听到张君秋先生的《望江亭》，一下子被那清新俏丽充满感情的唱腔迷住了，像当今痴迷于歌星、影星的年轻人一样，我成了张君秋先生的忠实粉丝。此后，我专攻张派戏，一发不可收。大学时，已经能演出《二进宫》《坐宫》乃至全部《望江亭》。

1960年我从北京外国语学院毕业，到外文出版社（今外文局）《人民画报》工作。下班后和休息日全部奉献给京剧，几乎天天晚上和票友们聚在一起，吊嗓子、记曲谱、研习唱腔。

那年一个秋天夜晚，张门大弟子吴吟秋大哥突然要带我去市工人俱乐部后台拜见张君秋先生，我喜出望外！我们到剧场刚好散戏，先生正在卸装。吟秋大哥向先生介绍我的名姓后，老师微笑道："我知道你，你给我写过信，谈看我戏的感受，提建议。欢迎你，以后到家里玩儿吧！"霎时一股暖流驱散了秋夜的凉意……初次见面时间虽短，却结下我和先生三十余年的师徒父子情缘。

"用不着走形式"

之后不久，我们出版社英文版《中国文学》一位前辈闻时清先生对我说："下班后，咱们去君秋先生家玩儿好吗？"我简直乐坏了！原来这位闻先生是张老师夫人在上海圣约翰大学读书时的学弟，又是梅兰芳爷爷家的好友。

宣南果子巷兵马司后街的张府与一般的大宅门看来没什么不同，可在我心中却是一座辉煌的艺术殿堂。我们进到后院堂屋客厅，已有宾朋在座，其中有两位专业张派琴师和一个小姑娘孙毓敏。寒暄过后，先生让我唱一段，看来像一场面试。我也不知道从哪儿来的胆子，竟敢班门弄斧，毫不紧张地唱了一段《楚宫恨》。从先生的笑容里我看到了赞许和肯定。

先生忙于演出、排戏，我也要上班，因此，他不可能一句一句口传心授，我总是先把戏学好，抽空唱给老师听，请先生指正。他喜欢这样的学生，不是因为省力，而是徒弟有心。没多久，先生有戏就带我到后台先看化装，不时问我扮得浓淡与否。开戏了我就站在乐队后，边听，边看，边记录，直到剧终。虽然没有举行拜师仪式，先生早已认我为徒，他说："用不着走形式。"

1961年夏，在汪本贞大爷的提议下，我举行了正式的拜师仪式，拜师典礼由马连良爷爷主持。那天，北京京剧团党政领导，戏曲界、音乐界一些知名人士都出席了。

"孝顺的人是值得交的"

从师学艺中我看到了先生的为人，他是有名的大孝子，我也是由母亲含辛茹苦从小带大的，师父知道我的身世和我一直把养母视为亲娘奉养时，对弟弟妹妹们说："孝顺的人是值得交的。"他带我出门总对人讲："这是我的小孩儿。"我自幼丧父，却从老师那里得到了父爱。

师父对熟人、生人都是面带笑容，和蔼可亲。登上艺术顶峰却从不居高临下对待他人。先生从美国获博士学位归来，在人民大会堂举行的欢迎会后，不厌其烦地为每个请求签名者留念。他的朋友上至社会名流、政要，下到各行各业的平民百姓。人们喜爱他的艺术，崇敬他的品德。

生活中的师父爱热闹，在后街过年最开心。等师父从怀仁堂演出归来，客厅里的家庭春晚便拉开帷幕。兄弟姐妹各显其能，平日的矜持烟消云散，又唱又跳，滑稽地模仿中外歌舞，把师父、师娘乐得前仰后合……大人休息了，孩子们的狂欢在中院西厢房继续进行。我们把睡觉的大通铺当作舞台，上演一幕幕笑声不断的闹剧。

师徒变父子

无奈好景不长，60年代中期，"革命风暴"席卷全国。曾经大红大紫的先生成了"黑帮分子"……1969年前后，奶奶和师娘相继去世，弟弟妹妹们也上山下乡各奔东西，师父白天参加体力劳动改造，挨批挨斗，晚上还要和我一道在红土店地下室，绞尽脑汁写检查。为写检查我们常熬到深更半夜，先生拿出几片干面包和黄油、果酱给我俩当夜宵。实在熬不住了，师徒二人就在一张旧沙发床上和衣而卧。

善良、贤惠又有些软弱的吴丽箴师娘于1969年初病故，师父做主把女儿学玲许配于我。因丧母不久，我俩只确立了关系，未登记结婚。3月底我也被下放到江西干校去劳动。后又转战河南接受贫下中农再教育。

1970年我回北京探母，在红土店师父家和学玲举行了简单的仪式，吃了一顿打卤面算是婚宴。昔日的师徒变成了真正的父子，我们的婚姻给这个残破的家带来些许暖意和喜气，也了却父亲一桩心事。蜜月未满，我又回到农村去受教育。只能和爸爸、学玲书信往来，寄托思念之情，爸爸来信说想念我，老问我什么时候回家。不久，爸爸恢复工作，在《红色娘子军》剧组设计唱腔。他高兴地写信告诉我这个消息，并寄来曲谱让我先睹为快。好不容易等到返京探亲，学玲又下乡演出。我急忙到魏公村军艺来看望爸爸。见他身体健康，精神饱满，穿着厚厚的棉军大衣暖暖的，我就放心了。中午，爸爸和刘长瑜带我在军艺对面的小饭铺美餐了一顿，回家真好。

尼克松访华后的1972年春，我被调回北京，夫妻二人在红土店住，照顾爸爸和在外地劳动的弟弟妹妹，我比家中十二个孩子都大，他们亲切地叫我卢大哥。学津、学海、学济、学敏虽然是学玲的哥哥、姐姐，也一直管我这个妹夫叫大哥。

爸爸是美食家，我们夫妻常陪他下馆子。"全聚德"的烤鸭为最爱，老东安市场内和平西餐厅的鸡素烧也不时光顾。闲暇时我们还去公园赏花观景、拍照留念，尽量让他高兴。绘画是父亲和学玲的共同爱好，二人常在一起写写画画。爸爸对我和学玲疼爱有加，1973年我们的女儿卢思出生，在挣钱不多的情况下，他每月还给我们十五元钱贴补家用。

爸爸身后虽然没给我们留下什么遗产，但是，他给我们的精神财富，取之不尽，用之不竭。

（《作家文摘》2017年总第2040期，摘自2017年5月18日《北京晚报》）

青山照眼看道临

·曹可凡·

"一首舒伯特和林黛玉合写的诗"

与道临先生相识，可回溯至三十年前，1987年，上海电视台筹办《我们大学生》节目，在全市高校遴选节目主持人。我被当时就读的上海第二医科大学推选参赛，经层层筛选，终于闯入决赛，而孙道临先生正是总决赛评委会主席。虽然素昧平生，但道临先生给予鼓励和关怀。之后，我便有机会去道临先生家请益。

道临先生家位于淮海中路武康路交界的武康大楼，这幢颇似巨轮的庞大建筑原为"诺曼底公寓"，由犹太建筑设计大师邬达克设计建造，环境幽静。道临先生曾在《忘归巢记》中对此有所记述：

　　我格外庆幸窗外马路对面，是一位伟人（宋庆龄）的故居。托她的福，从我窗口望出去，因为是在楼的高层，所以望不到窗下的马路，熙熙攘攘的车辆，却只看到对面宅子中的绿树丛。

　　每回拜访道临先生，都是一杯清茶，相对而坐，聆听他谈文论艺，有时我也会将诸多市井笑话告诉他，惹得他捧腹大笑。所以，他在一篇短文中，用文字为我画了一幅素描：

　　我眼中的曹可凡是个豁达乐观的人，他圆圆的脸庞上时刻漾着笑意，和他在一起，你可以得到快乐的享受，因为各种各样的笑话随时会从他口中畅快地流出，而那时他自己的面容却是严肃的。当笑话讲完了，他镜片后面的眼睛才会狡黠地一闪一闪，接着嘴巴弯一弯……

　　一个溽暑难耐的午后，我照例去道临先生家喝茶闲聊。道临先生向我吐露了一桩心事。原来，许久以前，他将历年诗文旧作整理成册，交一家出版社出版。不想文去书空，犹如石沉大海，杳无音信。多次催问，得到的却是搪塞与敷衍，甚至一些珍贵照片也遗落散失，不知去向，老人为此闷闷不乐。于是我自告奋勇，允诺设法帮先生完成夙愿。道临老师顿时愁眉舒展。凭多年交情，我找到上海人民出版社编辑崔美明女士，结果一拍即合，美明女士对道临先生诗文颇感兴趣，于是经过一阵忙而不乱的索稿、定稿、校样之后，《走进阳光》一书得以面世。封面照片由道临老师亲自选定：他身着浅蓝色西装，墨绿底色配橘红色花纹领带，呈飘逸状，道临先生略微侧身凝视远方，一头白发与其红润的脸庞沐浴在阳光之中，一种浓浓的历史感与勃勃的生命力油然而生。

　　道临先生一生的挚友与同窗黄宗江写来长达数千字的序文。文章回忆了他俩数十年的友情，并称"孙道临是一首诗，是一首舒伯特和林黛玉合写的诗"。回想这一经过，我心中满是欢欣与"得意"，道临先生更是幽默地在书的扉页上写道："谢可凡'大媒'。"

你们认识的那个孙道临已经没了！

　　2005 年，道临先生因带状疱疹入院。不久记忆力急剧衰退。我去华东医院探视，他似乎认识，却又说不出名字，只是试探地询问："最近可忙？仍在原单位工作？"

　　我说："道临老师，我是最爱吃的可凡，您怎么忘了？！"

　　没想到，一番话说得老人有些不好意思，一边帮我削梨，一边喃喃自语："知道！知道！怎会不知道！"

　　可没过多久，他又重复刚才的问题。霎时间，我悲恸难忍，向来思维敏捷、谈吐优雅的他竟然病成那样。望着他那慈祥又略显木讷的脸庞，想起了与他交往的种种往事：

　　有次到北京参加朗诵会，他带着秦怡、乔榛、丁建华、袁鸣和我，去吃地道的北京小吃——豆汁儿和炸焦圈，豆汁儿的味道像泔水，难以下咽，我便使劲捏着鼻一饮而尽。看着我那副狼狈样，他哈哈大笑。袁鸣给他学猩猩讨食模样，他也跟着模仿，如同孩童般纯真。《银汉神韵》首发时，他正在遥远的北方，冒着风雪拍摄《詹天佑》，八十多岁的老人，每天只睡三四个小时，但趁剧组转景时，匆匆赶回上海，还即兴朗诵了几首古诗……

227

大约一个月之后，偶然遇到张瑞芳老师，她问我是否去医院探望过道临先生，并说是道临先生亲口告知于她，我心中大喜，莫非老人记忆已然恢复？于是赶紧和文娟老师联系，次日清晨便赶往医院，与之录制《可凡倾听》。道临先生对此次访问也极为重视，特意让女儿庆原从家里带来熨烫好的西装、衬衣和领带。可他却觉得色调不配，不满意。不得已，文娟老师给他换成米色西装、白衬衣和绛红色领带。

交谈过程中，我发现他记忆时断时续，常常陷入长时间停顿，但他仍然记得儿时放羊时那几头羊的名字；记得曾借给他尼采著作，体胖高大、满脸胡渣的同窗、朱自清之子朱迈先；记得在朝鲜战场牺牲的战友。当我低声朗读一段他写过的有关母亲的文字：

1942年春天，我离开了家，刚满二十岁的我异常孤独，在槐荫遮蔽的窗下，我感到周围全是黑暗，生命毫无价值。有一天，我在外面奔波一天后，回到那栖居的小屋，发现桌上放着两个覆盖着红色剪纸的茶杯，那是母亲嘱人带来的。剪纸的花样象征着吉祥，我呆望着它们，眼中充满泪水。

道临先生闭着眼，静静地聆听，潸然泪下："这是……这是……母爱。母爱是最让人感动的。其实因为父亲长期得病，我父母当时已经没有任何力量了。但是她还是不忘记自己的儿子，我怎么能不感动呢！"

可是，说及他演过的经典银幕形象，有的他依稀记得，如聊及郑君里拍摄《乌鸦与麻雀》，他说："君里拍摄时谨小慎微，往往沉默思索半天才开机"；聊及《渡江侦察记》，他说："我让陈述给我画像，一个戴军帽的军人模样，从中得到塑造人物的自信"；聊及拍摄《家》觉慧扮演者，他笑言："他是'张恨水'，可我老哭，是'孙大雨'，他总批评我。"不过，大多数角色记忆，却呈现空白状态，也许我不经意间流露出茫然的神情，他好像明白了什么，突然紧紧抓住我的手，哽咽道："忘了，忘了，我什么也不记得了！我知道你来做节目是为我好，可是我真的不行了！你们认识的那个孙道临已经没了！"说完，竟像孩子一般号啕大哭。我深知他内心的苦楚，但也无能为力，唯有陪他一同流泪。

十年过去了，我依然不敢看那段画面，节目也未有采用，生怕热爱道临先生的朋友无法接受。我将那几句撕心裂肺的话语深深植入脑海深处，成为永久的记忆。道临先生常诙谐地将自己的姓"孙"（Sun）称为"天上的太阳"。其实，他在我心里，就是太阳，不落的太阳，带给我们温暖和力量。

道临先生拍摄《一盘没有下完的棋》时，曾给导演佐藤纯弥先生写过一首小诗，若将诗中"佐藤"改为"道临"，小诗也可视作道临先生一生的写照：

> 从来男儿多血性，
>
> 踏遍荆丛唱不平，
>
> 正是路转峰回处，
>
> 青山照眼看道临。

（《作家文摘》2017 年总第 2098 期，摘自 2017 年 12 月 7 日《解放日报》）

感恩韦君宜

·冯骥才·

她分明是那种羞于表达的人

1977 年春天我认识了韦君宜。当时,李定兴和我把我们的长篇处女作《义和拳》的书稿寄到人民文学出版社。跟着出版社分别在京津两地召开征求意见的座谈会。那时的座谈常常是在作品出版之前,绝不是炒作或造声势,而是为了尽量提高作品的出版质量。

于是,小说北组组长李景峰来到天津,还带来一个身材很矮的女同志,他说她是"社领导"。当李景峰对我说出她的姓名时,那神气似乎等待我的一番惊喜,但我却只是陌生又迟疑地朝她点头。后来我才知道她在文坛上的名气,并恨自己的无知。座谈会上我有些紧张,倒不是因为她是"社领导",而是她几乎一言不发。

会后，我请他们去吃饭，这顿饭的"规格"在今天看来简直难以想象！在我的眼里，劝业场后门那家卖锅巴菜的街头小铺就是名店了。

这家店一向屋小人多，很难争到一个凳子。我请韦君宜和李景峰站一个稍松快的角落，守住小半张空桌子，然后去买牌，排队，自取饭食。这饭食无非是带汤的锅巴、热烧饼和酱牛肉。待我把这些东西端回来时，却见一位中年妇女正朝着韦君宜大喊大叫。原来韦君宜没留意，坐在她占有的一张凳子上。这中年妇女很凶，韦君宜躲在一边不言不语，可她还是盛怒不息。韦君宜也不解释，睁着圆圆一双小眼睛瞧着她，样子有点儿窝囊。

我赶紧张罗着换个地方，但依然没有凳子坐，站着把东西吃完，他们就要回北京了。这时韦君宜对我说了一句话："还叫你花了钱。"这话虽短，甚至有点吞吞吐吐，却含着一种很恳切的谢意。

她分明是那种羞于表达、不善言谈的人吧！

相见不语，背后夸赞

不久，我被人民文学出版社借去修改这部书稿。韦君宜是我的终审，我却很少见到她。大都是经由李景峰间接听到韦君宜的意见。

李景峰是不善于开会发言，但爱聊天，话说到高兴时喜欢把裤腿往上一捋，手拍着白白的腿，笑嘻嘻地对我说："老太太（人们对韦君宜背后的称呼）又夸你了，说你有灵气，贼聪明。"然而，我每逢见到韦君宜，她却最多朝我点点头，与我擦肩而过，好像她并没有看过我的书稿。

可是有一次，她忽然把我叫去。这次，韦君宜一反常态，滔滔不绝；她与我谈这部小说人物的结局，人物的相互关系，史料的应用与虚构，还有我的一些语病。她令我惊讶不已，原来她对我们这部五十五万字的书稿每个细节都看得入木三分。然后，她从满桌书稿中间的盆地似的空间里仰起头来对我说："除去那些语病必改，其余凡是你认为对的，都可以不改。"

这时我第一次看见了她的笑容，一种温和的、满意的、欣赏的笑容。这是我永远不会忘记的一个笑容。

随后，她把书桌上一个白瓷笔筒底儿朝天地翻过来，笔筒里的东西"哗"地全翻在桌上。有铅笔头、圆珠笔芯、图钉、曲别针、牙签、发卡、眼药水等，她从这乱七八糟的东西间找到一个铁夹子——她大概从来都是这样找东西。她把几页附加的纸夹在书稿上，叫我把书稿抱回去看。我回到四楼一看便惊呆了。这书稿上密密麻麻竟然写满她修改的字迹，有的地方用蓝色圆珠笔改过，再用红色圆珠笔改，然后用黑色圆珠笔又改一遍。

想想，谁能为你的稿子付出这样的心血？

特批补助拉我上文学之路

那时我工资很低。还要分出一部分钱放在家。每天抽一包劣质而辣嘴的"战斗牌"烟卷，近两角钱，剩下的钱只能在出版社食堂里买那种五分钱一碗的炒菠菜。往往这种日子的一些细节如刀刻一般记在心里。

有一天，李景峰跑来对我说："从今天起出版社给你一个月十五块钱的饭费补助。"每天五角钱！怎么会有这样天大的好事？李景峰笑道："这是老太太特批的，怕饿垮了你这大个子！"当时说的一句笑话，今天想起来，我却认真地认为，我那时没被那几十万字累垮，肯定就有韦君宜的帮助与爱护了。

在我的第二部长篇小说《神灯前传》出版时，我去找她，请她为我写一篇序。我做好被回绝的准备。谁知她一听，眼睛明显地一亮，她点头应了，嘴巴又嚅动几下，不知说些什么。我请她写序完全是为了一种纪念，纪念她在我文字中所付出的母亲般的心血，还有那极其特别的从不交流却实实在在的情感。我想，我的书打开时，首先应该是她的名字。

在这篇序中依然是她惯常的对我的方式，朴素得近于平淡，没有着意的褒奖与过分的赞誉，更没有广告式的语言，最多只是"可见用功很勤"，"表现作者运用史料的能力和历史的观点都前进了"，还有文尾处那句"我祝愿他多方面的才能都能得到发挥"。

韦君宜并不仅仅是伸手把我拉上文学之路。此后，我那部中篇小说《铺花的歧路》的书稿在人民文学出版社内部引起争议。当时那段历史尚未在政治上全面否定，我这部书稿便很难通过。1978年冬天在和平宾馆召开的"中篇小说座谈会"上，韦君宜有意安排我在茅盾先生在场时讲述这部小说，赢得了茅公的支持。于是，阻碍被扫除，我便被推入了激荡的文学洪流中……

真真切切记在心里就好

此后许多年里，我与她很少见面。以前没有私人交往，后来也没有。但每当想起那段写作生涯，那种美好的感觉依然如初。我与她的联系方式却只是新年时寄一张贺卡，每有新书便寄一册，看上去更像学生对老师的一种含着谢意的汇报。她也不回信，我只是能够一本本收到她所有的新作。

其年秋天，王蒙打来电话说，京都文坛的一些朋友想聚会一下为老太太祝寿。但韦君宜本人因病住院，不能来了。王蒙说他知道韦君宜曾经厚待于我，便通知我。王蒙也是个怀旧的人。我好像受到某种触动，忽然激动起来，在电话里大声说是呀，是呀，一口气说出许多往事。王蒙则用他惯常的玩笑话认真地说："你是不是写几句话传过来，表个态，我替你宣读。"

我便立即写了一些话用传真传给王蒙。于是我第一次直露地把我对她的感情写出来，但事后我知道老太太由于几次脑血管病发作，头脑已经不十分清楚了。后转念又想，人生的事，说明白也好，不说明白也好，只要真真切切地记在心里就好。

（《作家文摘》2018年总第2125期，摘自2018年4月3日《新民晚报》）

道不尽的林斤澜

·章德宁·

"他是找你呢"

最后一次与林斤澜见面，是他离世前一天下午。接到林老独生女儿布谷的电话，我匆匆赶到同仁医院，见大夫正给林老检查、治疗，身上插着各种管子，不能说话。他用眼神向我示意，目光是亮的。

2009年1月25日，腊月三十，除夕夜晚，我和先生同去看望已经住院的林老，见布谷正忙着贴春联，挂福字，原本洁净、冷清的病房，瞬间喜气洋洋，有了过年的喜庆。那天，林老像孩子般快乐，瞪大眼睛，惊奇、惊喜地望着布谷变戏法般拿出各种美食，笑得合不拢嘴。那时的欢快情景还历历在目，如今，林老病情急剧恶化。

为避免过多打扰，我打算先回去，过两天再来看望，心中祈盼奇迹再次发生。曾经在 2002 年冬天，也是这家医院，林老也被报过病危，然而，那次林老竟奇迹般地康复了。就在林老上呼吸机的当晚，我和先生看望他后，发现停放在医院门口的电动自行车被盗。毕竟是几乎一月工资买的，难免心疼。我俩互相安慰着，我说："破财消灾，但愿林老能好！"先生顿时热了眼眶，喃喃自语："真是这样就太值了！"

后来闲聊，林老闻听此事，沉吟良久，缓缓说道："这是只有亲人才会这么想的吧。"

这次，林老又被报了病危，我期盼再一次出现奇迹。布谷送我走向电梯。我边走边忍不住回头向林老的病房张望，竟见林老慌慌地从病房出来，是治疗结束了吗？他急急地似在寻找什么。布谷也看见了，一边送我一边说："他是找你呢。"可此时，电梯门已打开，后面的人群簇拥上来，挡住了我欲回返的脚步。电梯门关上了，我想着还有下一次再见……

然而，奇迹不再发生，翌日，林老与世长辞。

最初的交往却不轻松

我与林老的缘分，是在《北京文学》结下的。

初去林老家，是 20 世纪 70 年代末，小说组长周雁如带我一起去的。从此，我作为林老在《北京文学》的责任编辑，与他开始了长达三十多年的交往。林老先后在《北京文学》发表三十余篇作品，包括获得全国优秀短篇小说奖的《头像》，最有代表性、人称林老最高艺术成就之一的小说《门》，以及唯一的中篇小说《满城飞花》，我大都是责任编辑。我喜欢林老的小说有嚼头，新锐且深刻，并以能认出他手稿中那些难认的"怪字"而自得。

最初的交往却不轻松。我年轻，又本内向、羞怯，林老虽和善，毕竟是我敬畏的名家。每每组稿，临登门前，内心发怵，常提前写好谈话要点，到得林家，并不敲门，先掏出纸条默念一番。有时，明明是来找人，却又暗自希望对方不在。及至林老高声应答着开门，才又松下一口气。

林老曾数度搬家。我最初去时，是位于幸福大街一座三层的楼房，长长的楼道，上半截不封闭，看上去像简易楼。林老住的301室位于三层，是个两居室，林老和夫人住大间，不过十四五平方米，女儿布谷住小间，只有九平方米。听说，原来住的是三居室，"文革"中被强行安排给区领导，后来一个楼住着，领导见面尴尬，表示歉意。林老只是淡淡说："已经过去了，不提了。"

"不要传话"

去得多了，少不得会议论作家、作品。那个时代，文学日新月异，引人注目的变化每天上演。林老说得多，也注意询问我的意见。谈及作家、作品，自然有褒有贬。他眼光雪亮，时而兴奋，时而不以为然，微微摇头。一次，正说到尽兴处，林老忽然罕见地严肃起来，正色道："你们做编辑的，接触人多，一定记住，不要传话，不要把作家之间的话互相传。"我自是唯唯。从此，将此番教诲谨记心中，成为做人、做编辑工作的座右铭，一生遵从。

林老历经数十年政治坎坷、文坛风波，当有太多切肤之痛。严谨、稳健，不仅是个人风格，更具宽厚、善良品性。他与人为善，是大家的共同看法，当然，也有人说他机智，甚至说他世故、圆滑，听到这些，他从来都是宽厚地"哈哈哈"一笑。

但后来，我逐渐对他有了新的了解，及至程绍国《林斤澜说》问世。彼时他还在世，竟一反好好先生、不惹是生非的处事风格，不顾个别当事者的不快甚至诘难，不避记述者个别地方表述不尽准确的瑕疵，一概以"文责自负"应对之。其时，我作为《北京文学》杂志社社长，正主持《北京文学·中篇小说月报》编辑工作。该书出版前，曾由《当代》杂志陆续首发，林老亦嘱我看看这组文章。我们杂志连续多期选载其中文章，他是乐见的；书出版后，杂志社购买了数十册馈赠作家，他是高兴的。我们请他在书上签名，他以"又不是我写的"谢绝，但同意在扉页的下一页——印有他整幅照片的地方，盖上了有"林斤澜"三字的个人名章。我理解林老苦心，他爱护后生晚辈，也是为文学留下一部本真、本原记忆，更是为留下独立观察、诚实、沉重、融当代史于其中的文学历史。

（《作家文摘》2019年总第2211期，摘自《天津文学》2019年第2期）

吾师从周

· 刘天华 ·

知识面一定要广

1979 年春天，我报考了陈从周先生中国建筑史专业古典园林研究方向的研究生。考试科目中指明了报考园林专业要考中国画，我对此有点发蒙，于是借一次出差上海的机会，和同学一起去同济新村村四楼拜访陈先生。说明来意后，先生让我们坐进了他的饭厅兼书房。我忐忑地问："中国画范围极广，应该如何准备，如何应考？"

记得先生一面抽烟，一面笑眯眯地说："不会考你山水人物，主要是画一些园林中常见的小景，如竹木泉石，搞园林的不会画几笔国画可不行。这是我坚持要考的。"还说，这是中国文化的一部分，与建筑史、园林史、绘画史、古文翻译、古文作文放在一起考。最后先生还说："做我的学生，知识面一定要广，许多人有点怕，其实不难的，就是杂了一点，看你底蕴了。"出门告别时，我一身冷汗。

考试转眼就到了，因为要考设计，考场设在同济南楼底层的绘画教室内，一人一张大桌子，综合科目考卷有三大张，还夹着一张一尺见方的宣纸。当我答完试题拿出准考证上要求准备的笔墨砚时，周边考生都投来奇怪的目光，连监考老师也觉得新鲜。题目是"枯木竹石图"，按照准备的腹稿提笔作画。因为紧张没有发挥出最佳水平，不过幸运的是先生后来还是收了我。

先生是画坛巨匠张大千的入室弟子，跟先生学画，受他教诲的"画青"少说有十几人，但是按照研究生教育大纲授课，正儿八经教的唯有我一人。

上先生的课很随意

第一学期有国画课，每周四节。上课时，会先让我把饭桌擦干净，铺上毡毯，然后裁纸研墨。有时先生一边抽烟一边嘟囔："小赤佬，上我的课还要我倒贴宣纸，以后拿点来。"但我好像一次也没有带去过，因书桌上、墙角边一卷一卷宣纸堆了不少，都是请他作画的人送来的，用也用不完。

上先生的课很随意，他常说："我带学生是老师傅带徒弟的方法，我说，我画，你能领悟多少，全凭自己的本领。"还时不时感慨：古人所说"师法其上，得乎其中"，诚不我欺也。有时我会提出质疑："如果学生都如此，岂不是九斤老太，一代不如一代？"此时，先生就会瞪我一眼，骂一句："小赤佬，侬懂啥！"过后想想，跟着先生这样一位诗、书、画均是高手的园林大家，能得其中，已是上上大吉了。

其实先生教授画，还是很有章法的。国画课先生示范技法很是认真，他前后曾给我十二幅小品画稿，都是留存画稿中的精品。一次先生教我画山石皴法，随手取来一张作远山皴法示范，后来说到太湖石，又把纸颠倒过来画了一座石峰，我爱不释手，一直留到今日。

国画课的另一教学方式是观摩，即看先生作画。求先生字画的人很多，学校外事部门又常将先生画作赠予外宾，因此先生有不少时间花在画画应酬上。作画时，边上要有书童做研墨、拉纸、钤印等辅助工作，这些也成了我学画实践的一部分。

睿智幽默

先生交友极广，上门拜访的人也很多。我因隔三岔五往先生家跑，能碰到不少名人。我现在还留有冯其庸先生一副对联，就是在先生家为他们研墨拉纸后，冯先生送我的。

有一次我在村四楼门口见先生送别一位白衣长发女子，随先生进屋后看到茶几上一张名片，写着"三毛，陈平"四字，我惊讶地问先生："她就是三毛？"先生点头后饶有兴趣地拿起名片，说了一段让我难忘的话："人分几等，名片也分几等，高高在上的人不用名片；有名气的人，名片上字少，越少越有名，如这一张只有四个字，说明三毛蛮有名。名片上堆满字，列着七八条头衔的人最没有花头，是用片子吓唬人，欺骗人。"

先生睿智幽默，经常说一些俏皮话，有时还会引来师母的白眼，说不要听他胡说八道。先生还常常问我一些小问题，考我急智。一次，我带朋友去看先生，他正在为画题款，写到笠翁涤翁时，随口问我此二人为谁，我说了"李笠翁"，顿了一顿，边上朋友接口说"石涛"，先生说"你比刘天华强，将来会有出息"。果然，此子后来也成了名家。

90年代后，先生因中风而行动不便。我因为帮先生编两本书，常去他家中。1993年春，上海电视台找我，说要拍一部系统介绍先生的纪录片，这是文化抢救工程的一部分。当时先生已得病，一切都必须抓紧，于是我放下手头所有工作，一心一意写剧本，几易其稿。纪录片原先取名"园林大师陈从周"，大家都觉得此名不亲切，最后定名为"吾师从周"，由我以弟子的口吻来讲述。因行动不便，先生出镜仅局限于家里和豫园，其余外景则只能旁白。

回想起来，先生对我的期望还是挺高的。在去上海社科院报到前，我去向先生辞行，先生送了他的第一本文集《园林谈丛》给我，并提笔在书上写了"由来秀骨清，我生托子以为命。天华从余游，适是书新刊，采杜诗赠之，谊见于斯矣"，令我感动莫名。

（《作家文摘》2018年总第2182期，摘自2018年10月28日《文汇报》）

谢谢陆先生

·卢丽安·

陆先生"赌"了我

如果不是陆谷孙老师同意聘任我，我是无缘到复旦大学外文学院任教的。陆先生"赌"了我，我"赌"了我的人生。

1995年，我还在苏格兰格拉斯哥大学攻读博士学位，外子已经先一步毕业回台湾做博士后研究。面临台湾"绿化"隐约成潮，日渐与我们的政治认同背异；又加上小夫妻两个人要能申请在同一所大学任教的机会实在渺茫。所以我们就毛遂自荐，通过我驻英领事馆向国家人事部和教育部表达想回到祖国任教高校的意愿。公公是海门出生的上海人，所以我们在衡量多所高校之后，决意到复旦来。

但是一波三折。当时外子已经学成并已在台有教学与科研成绩了，可以直接对接大陆的教育工作；我却还挣扎于学位论文。我只能算是"买一送一"的附赠品；而当时的外文系领导对我不放心，所以我们求职一事就一直因为我没有着落而卡着，一直到 1996 年下半年，复旦人事处传真来信息说，外文系的新领导想和我电子邮件"访谈"。与我笔谈不下六七个回合，往返长达两三周的，正是陆谷孙先生。

一直到现在还记得陆老师的笔谈中，有一处特别优雅的片语让我印象深刻："……due to the vagrancy of the postal services……"好像是说双方沟通时某书面材料寄丢了，不知所终，他就在电邮里开问了。陆先生的英语很典雅，很正；于是乎我也十分慎重地多次审改回复，方敢发信。1997 年 2 月 17 日，我到学院报到那天，刚好沈黎老师也来报到。陆老师笑呵呵地介绍我俩认识，并分别赠送我们一本厚厚的《英汉大词典》；我几乎是虔敬地看着先生一笔一画苍劲有力地写下"卢丽安女史惠存"——他埋头伏案的状态，那笔触啊！——对于一个不知历史轻重的"台巴子"而言，活脱脱是个从教科书中新文化运动里走出来的学者；我对陆老师有一种莫名的尊敬亲近感。

我在外文系的定位是"救火队员"：除了承担精读课，其他的课程，派不出人手的，开不出来的，都安排我去上。一晃十年余才算固定下来。一个青年讲师其实跟系领导没有沟通机会的；我也没什么事情没有理由向先生就教。有学校老师告诫说，上海人不交际的，大家各自管好自己的事；另一位领导曾开玩笑对我说："小卢啊，要是二三十年前，我们可都不敢跟你说话呢！更不要说跟你共事或共餐了。"因此，陆老师点名要我参与沈黎老师主持的教材编写项目，让我觉得温暖。

"我也有个陆爷爷"

隔年，我挺着孕肚和外子去相辉堂观看外文节演出。落座之后，坐在前面的居然是陆老师，他回过头来对我们微笑示意。节目结束后，他转过身来问我课时多吗，累不累，何时预产期。然后，他突然语调一扬，一张嘴笑得好自豪，说，他的女儿获得 JD 学位了！接下来也是要成家立业了！他话锋转得太快、太私人话题，我当时一下子没领会过来，愣住了，忘了恭喜他。陆老师与我的姓氏英语相同，他与家母年龄相仿；远离家人的我面对一个长者的关怀，又知道先生的家人也在异乡。我是辞别家人落脚他乡的 Ruth，他是放手女儿展翼新大陆的孤老；两人境遇似乎有微妙的某种类比性。

再后来，我住院接受剖宫产手术，陆老师居然在沈志宏书记与校人事处蔡其莲老师的陪同下来看我。我与其他十九个待/已产妇住在一大通间，病房里出入着婆娘老公医佐若干，新生儿的啼哭声与天花板吊扇嗡嗡作响，七月溽暑，那实在不是与工作领导会面的好时机或好场合。我尴尬地把家母介绍给陆老师一行；陆老师笑呵呵地问，妈妈开不开心啊，到上海来习不习惯，跟台湾差异大吗。

2001 年，我是工作多年之后第一次申请回台探亲，有烦琐的表格需要单位签署。这，对于我，又是闻所未闻的事：要回家看父母，还要单位批准？我拿着那几张表格，抖着手敲开了陆老师的"系主任办公室"："陆老师，请您批准我回台湾看望父母，我好几年没……"话音未落，豆大的泪珠瞬间坠下。陆老师一惊，问我："怎么啦，家里可好？"我抽噎着，克制住一股小女儿般委屈的酸楚，说："我好久没回家了，怕不能回去。"陆老师赶紧把抽纸递过来，安慰我。

儿子还小时，几乎每年寒假即将结束前，我都会带他去向先生拜年，就是为了给孩子一个"我也有个陆爷爷"这么个仪式感。陆先生与我话向来不多，不外乎就是问我上什么课，外子的情况，孩子读课外书吗之类。先生客厅里有个"马踏飞燕"的小摆设，也有个小鸟牙签盒，都是先生拿下来逗弄小儿的玩物。就在那个客厅，先生对我提及他想要编纂一部汉英对照的词典，并邀请我参与。我答应了，心想，不就是每天熬夜一两个钟头嘛！

事实是，我无法坚持，D字号没完成，我就因非典型肺炎入院三周，痊愈后只得万分惭愧地向先生请辞。或许正是因为内疚，有愧先生期许，本来是一年一拜会先生的，随着儿子进入小学中年级、中学，这礼数就拖沓勉强成两年、三年一会。最后一次我带着儿子去拜访先生，是儿子初二那年，我接了儿子放学，在回家路上"顺道"约好先生要登门小坐。先生一开门，看见我背着儿子沉重的书包，评论："这是什么世道啊，妈妈背着儿子的书包！"我辩解："要不您提提看有多重！"他果真一拎，沉哪！于是乎我们就围绕着基础教育议论一番。

　　我本来是很愿意多向先生请益接近的，因为我也住在学校旁边，近；又是南岛乡人，亚热带率性气重。那么，为什么就没有呢？一是先生学术威望极高，我自觉寡陋无甚成绩；二是早年听闻了一同事某种委婉的误导之语，谓，"你又不是先生的学生，太接近会被人说闲话的"——我遂心生怯懦敬畏。现在回想，是我以小人之心度先生气量了，盲从了闲语。

　　近些年来，我倒也觉察先生步履动作不似以往利落，精神言语亦有顿滞。去年，我还盘算着小儿高考放榜后要带他去向先生报信问安的，却不料先生骤然离世。在医院里，我望着蜷缩在病床上不省人事的先生，只能暗自祷告吁请他回转过来。他醒过来的话，我一定要常去看他；起码，要主动帮先生理理书房，看看先生都囤了些什么书，多汇报一下我的近况。

　　先生早就是复旦大学外文学院的一个传说。我一方面怕把先生容颜挂上文科楼四楼的楼道里，另一方面又隐隐想念着他爽朗洪亮的笑语话音。

　　（《作家文摘》2017年总第2083期，摘自2017年7月13日《南方周末》）

图书在版编目（CIP）数据

故人情深/《作家文摘》编 . —北京 : 现代出版社 , 2021.5
（《作家文摘》名家忆文系列）
ISBN 978-7-5143-8463-5

I . ①故… II . ①作… III . ①纪实文学 − 作品集 − 中国 − 当代
IV . ① I25

中国版本图书馆 CIP 数据核字（2020）第 269008 号

故人情深（《作家文摘》名家忆文系列）

编　　者	《作家文摘》
责任编辑	毕椿岚
出版发行	现代出版社
通信地址	北京市安定门外安华里 504 号
邮政编码	100011
电　　话	010-64267325　64245264（传真）
网　　址	www.1980xd.com
电子邮箱	xiandai@vip.sina.com
印　　刷	保定市铭泰达印刷有限公司
开　　本	710mm×1000mm　1/16
印　　张	16
字　　数	167 千
版　　次	2021 年 5 月第 1 版　2022 年 6 月第 2 次印刷
书　　号	ISBN 978-7-5143-8463-5
定　　价	48.00 元

版权所有，翻印必究；未经许可，不得转载